계절에서
기다릴게

계절에서 기다릴게

초판 발행 2015년 04월 20일
3쇄 발행 2016년 08월 04일

글쓴이 김민준
그린이 최예지
펴낸이 김해연
책임편집 조혜정
디자인 앨리스인드림
영업 남기성

펴낸곳 프로젝트A
출판등록 2013년 3월 14일 제311-2013-000020호
주소 122-906 서울시 은평구 백련산로 14길 15 B02호
대표전화 02-359-2999
팩스 02-6442-0667
전자우편 haiyoun1220@daum.net

ISBN 979-11-953164-6-5 03810

계절에서 기다릴게

김민준 쓰고 최예지 그리다

프로젝트A

차례

1부
봄보다는 소박한,
겨울보다는 따뜻한

2부
지금부터
우리 사랑은 부재중

3부
오늘도 부디
좋은 하루

4부
**다정한
안부를 묻는다**

1부

봄보다는　소박한,
겨울보다는　따뜻한

계절의 다짐

모든 일이 착착 진행 중이다.
딱 하나 사랑만 빼고 나면 말이다.
왜 그건 늘 조금씩 내 예상을 빗나가는지
나는 도저히 알아차릴 방법이 없다.

열심히 살아가다 보면 사랑도 그렇게 짠! 하고
알아서 나타나는 줄로만 알았다.
외롭다.
계절이 변할 때마다 잊었던 외로움이 새롭게 나에게로 온다.
내 사랑의 계절은 이미 오래전에 지나가버린 것은 아닐까.
창밖의 풍경을 보다가 덜컥 겁이 났다.

는, 봄이야

잔을 들고 있던 손에 힘이 들어간다.
방 안에 퍼지는 커피 향처럼
계절의 다짐이 내 마음으로 스며든다.

너는 어디에 있느냐.
내 기필코 올봄엔 너를 찾고야 말겠다.

가득 채워놓고서
꼭 약간은 비워두는 일

누군가를 좋아한다는 것이 그 자체로 얼마나 아름다운지는 사랑을 할 때에야 비로소 깨닫게 된다.

좋아한다는 것, 그것은 완전히 가득 채우는 일이 아니라 늘 조금씩은 비워두는 일이었다. 내게 오는 그가 너무 외롭지는 않도록 늘 잊지 않고 문을 살짝 열어두는 것, 나에게 너를 좋아한다는 건 꽤나 늦은 밤, 몇 걸음 멀리에 서면 보일 만한 작은 등 하나는 애써 끄지 않고 잠을 청하는 일이었다.

아직 오지 않은 너를 위해 미리 잠시나마 네 자리를 데워놓는 일이 이렇게나 좋을 줄은 미처 몰랐다. 너를 위해 마음을 가득 채워놓고서 꼭 약간은 비워두는 일, 이리도 좋을 줄은 정말 몰랐다.

고백

넘실거리는 해변에 앉아
너를 충분히 담을 수 있는 거리에서
근사하다기보다는
이 밤에 이보다 더 어울릴 수는 없다는 듯이,

작지만 진하게
나는 노래해볼 심산이다.

언젠가는

우리는 언젠가 사랑에 빠질 것이다.
그때의 당신은 세상의 모든 것이다.

빈번한 마주침 그리고
아주 약간의 우연함

군대를 제대하고 학교에 복학한 뒤로
자꾸만 눈길이 가는 여학생이 있다.
허나 그녀와 나 사이에 있었던 일이라곤
고작 고개를 돌리다가 아주 가끔 눈이 마주치는 것이
전부였다.

때때로 상상 속에서 말을 걸어보기도 했지만
그때마다 내게 필요했던 것은 아주 약간의 우연함이었다.

우연히 길을 걷다 서로의 어깨가 부딪힌다거나
그녀가 놓친 연필이 하필이면 내 발 밑으로 굴러오는 일,
영화 속 주인공들에겐 늘 일어나는 그 만남의 공식.
아, 사랑에 빠지고 싶다.
필요한 것은 그녀와의 빈번한 마주침 그리고
아주 약간의 우연함이다.

아마 내게 충분한 시간이 허락되지는 않을 것이다.
그러기에는, 그녀는 너무 예쁘다.

인 연 困緣

늑대 같은 녀석들이 거친 손으로 그녀를 낚아채기 전에
그녀와 나를 이어줄 그 무엇이 필요하다.

오늘도 그녀는 겨우 지각을 면하며 바쁘게 교실로 들어왔다.
집중이 잘되지 않는다.
끝내 그 아주 약간의 우연은 일어나지 않는 걸까.
그렇게 오늘도 수업은 끝이 났다.

그녀를 포함한 학생들이 자리를 떠나려 하는 순간,
드디어 나는 사랑의 실마리와 마주치고야 말았다.
창밖으로 마른하늘에 비가 억수로 쏟아지고 있다.
모두가 당황하는 순간에 내 심장은 즐거움으로
요동치고 있다.
상상 속에서 수없이 많은 시행착오를 거쳐
바로 지금, 나는 그녀에게로 간다.

"저기, 우산이 하나 있는데 정류장까지 바래다드릴게요!"

인연, 그것은 정해진 운명이 아니라
빈번한 마주침 그리고
아주 약간의 우연함이었다.

그녀의 무게

때때로 많은 사람이 착각을 한다.
나는 너무도 이성적인 사람임이 분명함에도
대부분의 사람들은 나를 그저
깊은 감정의 바닷속에서 사는 존재로 판단하곤 한다.

나는 그저 솔직할 뿐이다.
이를테면
나만 알아차릴 수 있는 너의 작은 습관들이 좋아,
내 말투를 흉내 내는 너의 목소리를 듣는 일이 좋아, 와 같이.

구체적인 상황에 대해
내가 느끼는 사랑의 정도를 표현할 뿐이다.

나는 대부분의 시간, 지나치게 투박하거나 또 지나치게 서투른 경우가 많다. 분위기 파악을 잘하는 편이지만 할 말은 해야 하기에 종종 평온한 공기를 깨는 말을 뱉기도 한다. 그래서인지 요즘 들어 사람들이 어쩌면 그렇게 그녀를 로맨틱하게 사랑할 수 있느냐고 물을 때 나는 당황스럽다. 사람들의 기대와는 다르게 나는 그리 로맨틱한 편은 아니다. 그저 이토록 이성적인 내가 그녀를 좋아하는 이유는 그것이 나에게 가장 논리적으로 합당한 선택이기 때문이다.

나는 세상에서 그녀가 제일로 좋다.
그것은 감히 감정을 저울질 하여
지극히 이성적인 기준으로 도출한 결론이다.
나 자신도 만족시키지 못할 사랑 따위는 하고 싶지 않다.
그저 그녀보다 나를 당기는 것은
이 세상에 존재하지 않을 뿐이다.

나는 벗어날 수가 없다.

그녀는 지구 위에서 가장 완벽한 중력이다.

너의 다락방에서

손가락으로 쿡 찔러 조그만 틈 하나를 만든다.
한쪽 눈으로나마 너 스스로도 알지 못하는
그 작은 마음의 다락방을 슬쩍 들여다보고픈 마음에서다.

먼지 냄새가 났다.
오랫동안 누구의 방문도 없었던 티가 난다.
스윽 창문 틈 사이에 내려앉은 기억을 쓰다듬어보고는
나는 바닥에 누워 천장을 안아본다.

너의 다락방, 그 안에서 나는 너에게
얼마나 큰 사람인지 알 수가 있다.

머리맡에 창문을 조금 열어놓고
그렇게 한참을 그곳에 누워 있던 나는
느지막한 해질녘이 되어서야 돌아갔다.

언젠가 네가 지쳐 쫓기듯 찾아온 이곳에
누군가 머문 흔적이 있어 너는 놀랄지도 모른다.
그러나 방 안 가득 스며든 내 옷깃의 냄새를 맡고서
너는 그대로 누워 내가 되어보기도 할 테다.

세상의 모든 언어

이 세상에는 3,000개 정도의 언어가 존재한다고 한다. 지금 껏 내가 듣고 말한 언어는 그중 작은, 일부분에 지나지 않는 다. 그 모든 언어를 완벽하게 구사할 수 있는 사람은 없겠지 만 아마 평범한 사람들도 그중 몇 가지 표현은 금방 익힐 수 있을 것이다. 비록 언어는 다르지만 인간의 감정이란 문화와 사회를 통해 긴밀하게 연결되어 있기 때문이다.

언어라는 것은 알면 알수록 매혹적이다. 마치 당신이 '사랑 해'라는 말을 들을 때와 'Je t'aime쥬뗌므' 라는 말을 들을 때의 반응이 완전히 같지 않은 것처럼 언어는 그 자체가 표현의 방 식인 것이다. 언어라는 그릇은 똑같은 내용을 담아도 그 맛을 조금씩 다르게 전할 수 있는 마법의 레시피와도 같다.

그 때문에 나는 세상의 모든 언어를 통해서 그녀에게 고백하려 한다. 인류는 스스로 성장했다고 믿지만 아직도 사랑을 할 때 느끼는 이 수만 가지의 감정들을 완벽히 밝혀내진 못했다. 너를 떠올렸을 때 느끼는 이 낯선 감정을 아주 낱낱이 파헤쳐 결국에는 나는 그것을 너에게 다 표현해보고 싶다. 도무지 끝을 알 수 없는 벅찬 감정의 바닷속으로 아주 깊게 내 몸을 맡기고는 세상의 모든 언어로 그녀에게 내 마음을 바치고 싶다.

그녀와 함께 세상의 모든 계절, 모든 언어, 모든 날씨와 풍경들까지 다 겪어보고 싶다.

중심

네가 웃을 때면 내 중심은 움직인다.
그때의 나는 온전히 너를 위한 배경이고 싶다.
나는 가장 밝은 너를 위한 배경 정도면 된다.

확실히 그녀

처음엔 그 사람 다리가 너무 예뻐서
눈을 어디에 둬야 할지 몰랐다.

이제는 그 사람 마음이 더 예뻐서
나는 무엇을 바라보아야 하는지 분명하게 안다.

저는 블루베리 스무디로
부탁합니다

우리가 처음 만난 날에,
그러니까 우산 속에서 내 어깨를 마땅히 너를 위해 젖어가게
내버려둔 날에
우리는 비를 피해서 카페에 앉았다.

어색하기보다는 너무 좋아서 대놓고 마주볼 수 없었던 날
한번씩 그날의 일들을 돌아보곤 하는데 그때마다
'그때 그냥 아메리카노를 시킬걸……' 하며 아쉬움에 혼자
웃어보기도 한다.

왜 나는 그때 블루베리 스무디를 마셨을까
"저는 블루베리 스무디 마실게요."라는 말이 끝나자마자
입가에 번지는 미소를 참지 못하던 너,
그 웃는 얼굴을 보면서 나도 결국 웃을 수밖에는 없었다.

그날 우리 사이에는 말로는 다하지 못할 무언가가 있었다.
너도 분명 그걸 느꼈기 때문에
지금도 우리는 그 순간을 아름답게 떠올릴 수 있는 거겠지.

아 설렌다.

창밖에 내리는 비도

살짝 젖은 옷자락도

블루베리 스무디도

나를 보고 웃는 너도

너를 보며 웃는 나도.

그의 최종 목적지, 그녀

그는 언제나 자신감이 넘쳤다. 어린 시절부터 원하는 것은 꼭 가져야만 적성이 풀리는 사람이었다. 만나고 싶은 이성이 있으면 매번 간질간질한 표현과 고백으로 그녀의 마음을 쟁취하기도 했다. 그에겐 이성만큼이나 자신의 일도 중요했다. 도전적이었으며 목표로부터 도망치는 법이 없었다. 그는 욕심만큼이나 실력도 충분했다. 동료도 주변의 친구도 모두들 그를 완벽한 남자라고 생각하곤 했다.

그러던 그에게 새로운 목표가 생겼다. 퇴근 시간이면 늘 정류장에서 마주치는 여자가 있었다. 그다지 남자의 이상형에 가까운 편은 아니었다. 다만, 같은 버스 같은 정류장에서 내리는 그녀와 친구가 될 수 있으면 좋겠다는 생각을 했다. 이성적인 감정은 전혀 없었다. 늘 피곤한 표정과 지친 몸짓을 하고 있는 그녀에 대한 동정심 정도였다.

처음엔 말을 걸어보려 했으나 선뜻 용기가 나질 않았다. 아마도 그녀의 몹시 지친 기색 때문이었을 거다. 그는 다음을 기약했지만 다음은 늘 내일이 되고 또 모레가 되었다. 결국에 그는 그녀에게 한마디 말도 건네지 못했다.

마음이 닿는 곳

이제 그는 그녀를 보면 긴장이 되고 식은땀까지 흐르는 지경에 이르렀다. 그것은 그가 느끼는 새로운 형태의 감정이었는데 공포스럽기까지 했다. 그는 그것이 몹시 두려웠다. 하는 수 없이 오랜 친구에게 이 사실을 털어놓자, 친구는 무릎을 탁 치며 말했다.

"그건 말이다, 바로 짝사랑이라는 거다. 이제 큰일 났구만, 아마 갈수록 지독해질걸? 천하의 영수에게도 드디어 이제 올 것이 왔구나."

그는 소주 한잔을 삼키고 크- 소리를 냈다.
얼마 전 그에게 새로 생긴 목표,
그것은 아마도 최종 목적지가 될 가능성이 높다.

비스듬히 또 한걸음

23.5도 지구 자전축의 기울기보다
약간은 더 기울어진 나이에
그러니까 스물넷 하고 절반을 지날 때 즈음에야
비로소 나는 알았다.

비스듬히 걸어오지 않았다면
나는 결코 너를 만나지 못했으리라.
그간의 시간들이 기울어져 있었던 이유에는 네가 있었다.
첫 번째 마주침 이후
그날부터 줄곧 나는 너의 주위를 돌고 있다.
비스듬하게.

그렇기에 우리는 매 순간 익숙한 새로움을 만나곤 한다.
나는 완벽하게 둥글거나 평행하지 않다.
그저 너의 주위를 오래도록 돌고 싶을 뿐.

기울어진 나에게 너는 사계절을 만든다.
너를 중심으로 일정하게 돌고 있는 나는 너의 지구다.
고로 너는 나의 태양쯤 되는 셈이다.
너는 나의 낮과 밤, 하루, 일주일, 혹은 1년이다.

그리워하는 일은
우리를 더욱 짙게 만든다

무심코 너의 말투를 따라 하고 있는 나를 보면서
우리의 거리가 생각보다 그리 멀지는 않구나, 하고 느꼈다.

오늘은 늘 둘이 함께 듣고 부르던 노래를
이따금씩 혼자서 들으며 걷는 일도
생각보다 그리 외롭기만 한 일은 아니라는 것 또한 알았다.

그리워하는 일은
우리를 더욱 짙게 만든다.

짙은

오늘 왜 멋있어?

오늘같이 추운 날,
사랑하는 여자를 안아줄 수 있다는 사실은
얼마나 행복한 일인가.

할 일은 산더미임에도 만날 건 다 만나는 오래된 연인,
넌지시 건배를 청하고 나는 한 모금 시원하게 맥주를 삼켜
본다.
역시나 나는 너의 옆에 있을 때가 가장 밝다.
나를 지긋이 바라보는 눈빛이 있는 까닭이다.

"오늘 왜 이렇게 멋있게 하고 왔어?"
한마디에 마냥 기분이 좋다.

왜긴 왜야 이 사람아,
사랑받고 싶어서 그랬지.

뭐든 둘이서 하면
조금은 덜 외로우니까

행여나 내 손이 닿을 수 없는 거리에서
네가 피할 수 없는 비를 맞고 있는 거라면
나도 곧장 우산을 접을 테니
젖어가는 마음 함께 나눌 수 있도록 하자.

헤아릴 수 없는 빗방울들이
너와 나의 몸을 스치고 지나겠지만
결국 그것은 저 멀리 바다에서 만나게 될 테니
우리도 곧 하나가 되는 셈이야.

그러다 어느새 비는 그치고
적당한 바람과 볕이 우리를 안아주곤 하겠지.
생각만 해도 좋다.

비를 맞고 볕을 쬐는 일.
물론 너와 함께.

가끔은 서로에게
아무도 없는 빈방이 되어줄 것

당신이 고단할 때
나는 빈방이 될 테다.
바람도 비도 누군가의 시선도 대신 다 삼켜내고는
오로지 너를 위한 잔잔한 공기가 될 테다.

그리하여 그 고요한 적막 속에
단둘이 누워서
나는 너의 울음이 하는 이야기들에
차분히 고개를 끄덕여줄 생각이다.

"그래 괜찮아. 울어도 좋아. 여긴 그냥 빈방인걸."

너를 통해 바라보는
나라는 존재

거리를 걷다가 정말로 탁 트인 창을 본 적이 있다.
너를 볼 때 나의 마음과 같았다.
안과 밖의 경계를 이어주는 일,
너는 나에게는 또 다른 세상의 표현이다.

정확한 시기는 모르겠으나 언제부터인가
창의 존재 여부가 공간의 아름다움을 결정하는 데
큰 요인을 끼친다는 생각을 했다.
실내에서 창을 통해 보이는 바깥의 풍경 또한 어쩌면
그 공간의 연속은 아닐까?

한 여자를 사랑함과 동시에
나 스스로를 충분히 사랑할 수 있어서
닫혀 있던 나를 조금은 더 밝은 세상으로
한걸음 나아가게 해줘서

나는 온 진심을 담아 너라는 존재가 좋다.

나는 완벽하지 않은
우리가 자랑스러워

완벽하지 않은 편이 좋아.
내가 해줄 수 있는 게 있다는 건
나로 하여금 너를 내 시간 속에 머물게 하거든.
솔직히 말하면 네가 원하는 모든 것을 줄 수 없지만
네가 원하는 것 중에 분명 내가 있다는 것만은 잘 알아.

너와 내가 서로에게 모든 것은 아니지만
그 무엇과도 바꿀 수 없는 것임은 분명해.
나는 그런 우리가 자랑스러워.
완벽이라기보다는 서로에게 약간의 틈을 보여주는
나는 그런 우리가 가끔 대견하기도 해.
정말 딱 그만큼 가까운 우리가 좋아.
나는 그런 우리가 자랑스러워.

다름에도 불구하고

옆집보다 조금 덜 유명한
횟집에서 그녀의 부모님을 만났다

꽤나 복잡한 홍대 골목길 사이사이를 이렇게 저렇게 잘 지나다 보면 유명한 횟집 옆에 조금은 덜 유명한 횟집이 나온다. 오늘은 그 옆집보다 조금 덜 유명한 횟집에서 처음으로 여자가 부모님께 남자 친구를 소개하는 자리가 있었다.

오랜 연애를 한 사이지만 자리를 마련하기가 어려워서인지 남자 친구를 소개하는 것이 조금은 어색해서인지 그렇게 기회만 엿보다 드디어 그날이 찾아온 것이다. 비록 정식으로 약속을 잡은 것이 아니라 가족끼리 식사를 하고 있던 와중에 우연히 길을 지나는 남자 친구를 급하게 불렀을 뿐이지만 처음이라는 것은 어쨌든 그 자리에 있는 모두에게 중요한 의미였을 터였다. 여자의 부모님은 난생 처음으로 딸의 남자 친구와 나란히 앉았다. 묻고 싶은 것이 너무도 많았지만 질문 대신에 서글서글한 웃음을 보냈다. 어색한 공기를 술잔에 함께 담아 몇 번을 비우니 이내 네 사람 사이의 공기가 따뜻해지는 것을 느낄 수 있었다.

그러나 남자에게는 큰 위기가 찾아왔다. 장소에 문제가 있었던 것이다. 옆집보다 덜 유명한 횟집이라서가 아니라 남자가 물고기를 먹지 못하기 때문이다. 정확하게는 먹지 못한다기보다는 먹지 않는다는 쪽에 가깝다. 그는 어린 시절부터 밥상에 생선이 올라왔다고 하면 밥숟갈을 탁! 하고 내려놓고는 식사거부를 선언하기 일쑤였다. 군대에서도 마찬가지였다. 특별한 이유가 있어서라기보다는 그냥 그건 먹을 수 있는 것으로 인식되지 않았다. 배가 고플 때 음식을 보면 군침이 돌아야 정상인데 그는 아무리 배가 고파도 물고기 음식을 볼 때 별다른 생각이 들지 않았다.

테이블에는 고등어구이와 이름 모를 회가 있었다. 남자는 등에서 식은땀이 났다. 그도 시도를 해보지 않은 것은 아니다. 그러나 매번 물고기를 먹을 때면 구토가 올라오거나 탈이 나서 며칠을 앓기도 했다. 알레르기가 있는 것도 물고기에 이상이 있었던 것도 아닌데 말이다. 남자는 정면승부를 했다.

젓가락을 고등어구이로 가져가 그놈의 배를 가르고 흰 속살을 과감하게 발라냈다. 비겁하게 목구멍으로 바로 삼키는 일 따위는 하지 않았다. 그는 고등어구이를 꼭꼭 씹어 삼켰다. 그대로 회도 한 점 덜어서 입으로 가져갔다. 입 속 처음 느끼는 맛이 났다. 무(無)맛, 아무 맛도 나지 않았지만 굳이 표현하자면 뭔가 뭉클뭉클한 맛이었다.

그 자리에서 그는 여자의 아버님과 각각 두 병씩 총 네 병의 소주를 마셨지만 서로 얼굴색 하나 변하지 않았고 즐거운 대화가 이어졌다. 조금 불편한, 조금 많이 어색한 친구와 즐거운 이야기를 주고받는 느낌 정도였다. 그리고 다음번 만남엔 조금 더 친해질 수 있을 것 같다는 예감도 들었다.

집으로 돌아오는 전철에서 남자는 그저 신기할 따름이었다. 이제 그는 두려울 것이 없다. 그녀를 위해 조금 덜 유명한 횟집에서 당당하게 회 한 점을 먹을 수 있는 사람이 되었으니 말이다.

너와 발을 맞춘다는 건,
한 번도 가보지 않은
무대륙에 가는 일

입을 맞추다

나는 입을 다물었다.'
내가 얼마나 더 나아질 수 있는지에 대해.
다만 너는 말했다.
나는 참 따뜻한 사람이라고

나는 모른다.
내게 사랑을 받을 자격이 있는지에 대해.
다만 너는 알고 있었다.
이미 사랑받고 있다는 것을.

지극히 자연스러운 일

그런데 말이야.
나는 네가 부끄러워하는 것들이 사실은 너무 귀엽고 좋은걸.

이를테면 살짝 짧은 너의 세 번째 발가락을 처음 봤을 때 얼마
나 웃음이 나던지 너는 얼굴을 붉히며 "웃지 마!" 하고 말했
지만 왜 너무 좋을 때 나오는 웃음은 멈출 수가 없잖아. 그건
이미 내 통제의 범위를 넘어선 수준의 감정이거든. 진심으로
쏟아져 나오는 것들을 멈출 수 있는 것들이 있을까?

너무 좋아서 숨길 수가 없었어.
너의 비밀스러운 세 번째 발가락에 대해
알려줘서 정말 고마웠어.
맞아, 아주 자연스러운 거야.
지금 창밖에 내리는 비가 위에서 아래로 떨어지듯
내 안의 어떤 주체하지 못할 감정들이
네 안으로 떨어지는 건
지극히 자연스러운 일이야.

주고받기

공을 던졌다. 힘껏 던진 공이 공기의 저항을 뚫고 포물선을 그리며 상대방에게로 간다. 공이 내 손을 떠나간 순간부터 그것에 대한 모든 물리적인 책임은 더 이상 나의 몫이 아니다. 내가 할 수 있는 일은 그저 상대가 잘 받아주기만을 바라는 것.

잠시 정적이 흐른 뒤 곧이어 탁 하고 둔탁한 소음과 함께 글러브를 벗어난 공이 전혀 예상하지 못했던 방향으로 구른다. 그는 내 공을 제대로 받지 못했다. 있어야 할 곳에 공이 없다는 사실은 누구의 책임인가. 제대로 던지지 못한 나의 잘못인가 혹은 제대로 받지 못한 상대의 잘못인가. 많은 공을 던지고 받았지만 여전히 그 책임은 모호하다.

허나 그것을 다시 줍는 일도 나에게 다시 던지는 일도 모두 상대의 몫이란 사실은 분명하다. "애써 하지 않아도 되는 수고를 하고 있는 것은 아닌가. 이것은 낭비다. 왜 공은 글러브 속에 제대로 잡히지 못했을까?" 공을 놓친 행위보다 왜 놓칠 수밖에 없었는지 궁금해졌을 즈음 문득 그와 나의 거리는 너무도 멀어져 있었다.

우리는 너무 먼 거리에 서 있다. 힘껏 던지려다 보니 공은 자꾸만 빗나간다. 표정도 움직임도 구분할 수 없을 정도의 거리에서 나는 간신히 공을 받고 또 던진다. 그 모습이 위태위태하다고 느끼는 이는 나뿐만이 아닐 것이다.

나는 그동안 너무도 많은 책임을 미루고 살아왔던 것은 아닌가.

조금 더 정확하게 던지고 확실하게 받았다면 좋았을 것을. 그러기 위해서 나는 지금 한걸음 상대 쪽으로 발걸음을 옮긴다. 아직은 멀지만 머지않아 그대의 미소가 보일 만큼의 간격에 도달할 것이다. 그때가 되면 공만큼이나 말과 마음을 주고받는 행위도 덜 부담스러운 순간이 찾아올지도 모르지.

11월 11일

며칠 전 몸살 때문에 남자는 병원을 찾았다. 비염 약도 받을
겸 이비인후과에서 치료와 처방전을 받고는 힘없이 문을 나
섰다. 그런데 이게 웬일, 맞은편 내과에서 어떤 익숙한 여인
이 나오는 것이 아닌가.

　　　자기야 왜 내과에서 나와?
　　　그러는 오빠야말로 왜 지금 이비인후과에서 나와?

둘은 그냥 서로를 보며 웃었다. 함께 약국으로 향하는 엘리베
이터 안, 둘은 동시에 고개를 절레절레 흔들며 제 몸 하나 챙
길 줄도 모른다며 핀잔을 준다. 처방 받은 알약을 하나, 둘,
셋에 동시에 삼키고는 허기진 배를 잡고 아픈 날이면 늘 찾는
단골 식당을 향한다.

박혜자씨낙지마당. 둘 중 한 명이라도 아픈 날이면 늘 찾는 식당이다. 늘 먹던 낙지덮밥 2인분을 시키고 언제나처럼 밥은 각자 두 그릇씩이다. 배가 차고 나니 여자는 한 가지 알아차린 것이 있다. 오늘은 바로 11월 11일, 여자는 남자에게 다급하게 말한다.

오빠 오늘 빼빼로데이야!
낙지다리 이렇게 하면 꼭 빼빼로 같지 않아!?

억지스럽게도 빼빼로를 닮은 낙지다리를 삼키며 남자는 웃는다. 핼쑥해진 둘 사이에 생기가 돈다. 그 순간에 남자는 느꼈다고 한다.

'아! 이 여자다' 하고 말이다.

가끔은 세상의 모든 것이
너로 보일 때가 있다

가끔은 세상의 모든 것이 너로 보일 때가 있다.

때로는 미친 척 모든 걸 보여줘도 될 것 같다는

느낌이 들었다.

사랑한다면 두려워하지 않아도 된다.

하나의 우산, 그 아래 두 사람

첫인사를 하고 걸음을 옮긴 거리에는 비가 내렸다. 우리 두 사람이 하나의 우산을 쓰고 걷는 길, 들뜬 마음을 숨기기엔 우산이 너무 작다는 걸 알고는 그녀 쪽으로 한참을 넘겨주고야 나는 마음이 편했다.

내 한쪽 어깨에 그렇게나 많은 빗방울이 떨어질 적에 옷이 참 많이도 젖었는데 기분은 어찌나 상쾌했는지. 때때로 스치는 바람보다도 가볍게 우리의 어깨가 마주칠 때면 깜짝깜짝 놀라서는 신발 끈이 풀린 줄도 모르고 걸음을 옮겼다.

우산 위로 떨어지는 저마다의 사연들이 어색함과 침묵을 쓸어내려갈 즈음, 어쩌다 마주친 눈빛 한 번에 나는 그저 멍하니 웃을 수밖에는 없었다.

어이가 없을 정도로 네가 좋았던 날,
쏟아지는 빗속에는 딱 우리 둘만이 있었다.

언젠가는 달 위에서
데이트를 해보자

남자가 말했다.
"있잖아, 우리 언젠가는 달 위에서 데이트를 해보자."

"이 바보야, 그게 무슨 꿈에 나올 만한 소리야."
여자는 가끔 이런 바보 같은 말을 건네는 남자가 귀엽다.

달빛 아래 조용한 거리,
그녀와 손을 잡고 타박타박 걸음을 옮기며
남자는 속으로 생각했다.

'바보는 너야, 지금 이 순간도 언젠가 내게는
그저 꿈이라 여겨지던 시간이었어.'

사랑에 대한 올바른 자세

뒤에서 나를 흉보는 자들에게
구태여 내 시선과 관심을 줄 필요는 없다.
그들은 스스로 뒤를 찾아 숨어버렸기에
절대로 내 앞을 막을 수는 없는 노릇이기 때문이다.

사랑도 마찬가지다.
당신의 연인에 대한 그리고 당신의 연애에 대한
뒷얘기들에 굳이 신경 쓸 필요는 없다.

어디까지나 당신의 사랑에 대해
느끼고 평가할 권리는
오직 당신과 당신의 연인에게만 있다.

때때로 사랑이란 그렇다

때때로 사랑이란 그렇다.
많은 것들을 내려놓으라 한다.
역시나 하나에서 둘이 되는 것은 쉬운 일이 아니었다.

보이지 않는 불꽃이 튄다.
눈이 멀어버릴지도 모른다.
가끔 불똥이 피부에 닿아서는 따끔! 하고
우리를 주춤거리게 하기도 한다.

그럼에도 불구하고 사랑의 불씨는
우리의 어두운 곳을 밝히며 많은 것들을 가능하게 한다.
혼자일 때처럼 마음대로 고독해질 수는 없지만
당신이 이 세상에서 가장 초라해 보일 때
그 누구보다 너를 당당히 안아줄 사람은 있다.

무심하게 던진 한마디가
고단한 하루에 물결을 만든다.
때때로 사랑이란 그렇다.
숨 막힐 듯 벗어나고 싶다가도
너무나 그리워 눈물이 나기도 한다.

비가 내리는 계절

비가 내리는 계절이 있다.
비는 내려도 좋다.
녹슬지 않게만 해라.
다름이 아니라 너의 마음 말이다.

말하지 않아도 알아요

너의 시선이 머무르는 곳에 나도 머물고 싶다.

아이처럼 장난기 가득한 표정을 하고서

하루 종일 그곳에 머물고만 싶다.

추억으로 남기려거든
반드시 한걸음 물러설 것

추억으로 남긴 이후에 우리가 할 수 있는 일은 아무것도 없어요. 단지 도망친 이유에 대한 그럴싸한 변명을 늘어놓을 뿐이죠. 정말로 좋아한다면 내가 해야만 하는 일은 그 마음이 추억이 되지 않도록 마지막까지 놓지 않는 거라고 생각해요.

추억으로 남기려거든 한걸음 물러서요.
허나 그를 정말 사랑한다면
그를 단지 추억 속에만 머물게 하지는 마요.
함께 새벽의 공기를 뚫고 내일을 맞이하고 싶다면
두려워도 한걸음 다가가요.

사랑이라는 건 확신이었어요.
확신이라는 것에 결과는 중요하지 않아요.
그건 그냥 끝까지 믿어보는 것이었어요.

우리 사이에 있는 것들은 달콤해

시간이 갈수록 더 좋아지는 탓에 나는 우리가 나이를 먹었을 때 어떤 모습을 하고 있을지 갈수록 궁금해져. 허리는 조금 굽었을지 모르지만 나의 마음만은 여전히 올곧을 테야. 굳이 돌아보지 않아도 서로가 있을 거라는 확신이 언제나 우리를 강하게 끌어당기고 있어.

이 세상에서 너를 가장 사랑한다기보다
나는 너무도 당연하게 네가 좋아.

우리는 우리 둘로 있는 것이 가장 자연스러운 사이가 되었어. 우리 둘 사이에 있는 것들은 달콤해. 도무지 설명 같은 것은 필요하지가 않아. 우리가 사랑을 하는 동안에 답은 이미 정해 져 있을 테니까 말이야.

필요와 충분 사이

그녀가 말했다.

우리는 비록 오늘은 가난하여
서로에게 내어줄 것은
사랑한다 말 한마디뿐이지만
그건 우리의 전부라고
말 그대로 우리가 가진 건 서로에 대한 마음뿐이라고
그것이 서로에게 줄 수 있는 전부라고
네게 자신의 전부를 건 한 사람으로서
너를 믿는다고.

그녀를 가진 순간부터
나는 다른 것들이 불필요해졌다.

사랑은 더 많은 것을 필요로 하는 것이 아니라
그 사람 외의 것들이 불필요해지는 것이었다.
나는 그녀로 충분하다.

서로의 진심, 그것으로 충분하다.

월정리 해변에서

참 맑은 하루였다.
하늘도 바다도 그것을 비추는
저 투명한 창가 역시도
맑다는 것으로는 부족할 만큼 선명했다.

시원한 커피를 마시며
너와 함께 길을 잃고도
아무런 문제될 것이 없었던 그때 그 해변에서

내 마음에 빼곡하게 너와 내가 머무른 자리,
함께 나눈 이야기들, 바람에 흘려보낸 웃음들까지도
꼼꼼하게 새겨놓았다.

나는 눈을 깜빡이며 그 순간을 살며시 접어놓았다.
언젠가 내 마음이 흐린 날이면
언제든지 펼쳐보기 위함이다.

너와 내가 만든 그날의 풍경.

누군가에게는
용기가 필요한 일

처음으로 꽃을 선물해야겠다는 생각이 들었다.
그건 늘 '이건 얼마나 지나지 않아 시들어버리고 말 거야.'
라며 눈으로 스치던 것들 중 하나였다.

꽃을 주는 행위는 나에게 용기가 필요한 일이었다.
갑작스레 그런 용기가 생겨난 것은
사람이나 꽃이나 언젠가는 그 끝이 있다는 사실을
새삼 깨달았기 때문이었다.

꽃잎이 진 자리에 진한 향기가 남듯
우리도 어디선가 나지막이 기억되고 싶기 때문이었다.
중요한 건 얼마나 오랫동안 피어 있는지가 아니라
단 1초라도 진심이었나 하는 것임을 알았기 때문이었다.

우리가 어른이 되면

우리가 어른이 되었을 때를 상상해본다.
이다음에 시간이 지나서 내가 직장을 다니고
결혼을 하고 아이를 키우고
이제 조금 어른이 된 것 같은 기분이 들 때를 생각해본다.

퇴근길에 그 많은 인파들 사이에
뭉개진 채 집으로 돌아오는 길,
나는 꼬깃꼬깃 기억 속에 접어둔 생각을
펼쳐보기도 할 테다.

　　　　　　'그때 나는 그 사람 정말로 좋아했었어.'

그러고는 한 정거장 일찍 내려
양복을 입은 채로 거리를 힘껏 내달려보고는
평소 눈으로만 스치던 꽃집에 들러
가장 싱그러운 녀석으로 한 다발 꽃을 살 테다.

집 앞에서 새삼 헛기침을 몇 번, 이내 초인종을 누르고
꽤나 고단함에 지쳐 있는 아내에게 꽃을 건네며
말하고 싶다.

"많이 안다고 생각했지만 아무것도 몰랐던 그때 그 시절에 나
는 젊은 너를 참 많이 좋아했었어. 지금까지 많은 것들이 변
했지만 내가 정말 좋아했던 그 사람은 여전히 너야. 그것만은
변하지 않았어. 있잖아,

　　고마워. 시간 앞에서 당당히 나의 곁을 지켜줘서 말이야."

어른이 된 내 모습을 상상할 때면 언제나 그녀도 내 곁에 있
다. 그것이야말로 오늘을 버틸 수 있는 최고의 위안은 아닐까,
그녀와 나 사이에는 이렇듯 꽤나 아름다운 미래가 존재한다.

우리가 만든 계절에 앉아,
그 시절 너를 기억해

우리는 수많은 계절의 온도를 지나
또 한 번의 아침을 맞이했다.

우리의 작은 바람들이 조금씩
현실이 되어 가는 과정을 보면서
서로에게 했던 말들을 지켜 나가고 있는
우리가 자랑스러웠다.

때로는 그녀가 없는 나를 생각해본다. 별로 크게 달라지는 것
은 없다. 그저 그녀가 내 곁에 없다는 이유, 그것 하나로 나는
불행해질 것 같다.
반대로 나는 지금 그녀와 함께라는 사실 하나도 충분히 행복
한 사람이다.

"간혹 어린애처럼 고집을 부리는 덩치 큰 바보 앞에서
오늘도 좀 수고해줬으면 해.

좋은 아침이야."

빈방

혹시라도 네가 울음을 터뜨렸을 때 나는 완벽히 그 이유를 알아차린다거나 완전히 이해할 수는 없을 테지만 애써 묻거나 네 울음을 다그치는 일은 하지 않을 테야.

언젠가 너를 위한 빈방이 되어주겠다 말했던 나였으니까.

사랑의 철학

내가 그녀를 사랑하는 이유를 단번에 딱 잘라 정의하지 않는
것은 그 사람에 대한 확신이 없다기보다는 나와 그녀 사이,
관계에 그 어떤 작은 틀도 만들고 싶지는 않아서다. 나는 확
실히 그녀를 사랑한다고 말할 수 있지만 정확한 근거와 이유
같은 것들을 정해놓고 싶지는 않다. 그것이 우리가 무언의 언
어로 서로에게 전해준 사랑의 철학이었다.

약속의 전문

연애를 한 지 1년째 되던 날, 문득 그가 내게 약속 하나를 건넸다. 그 내용이 무엇이냐고 물었더니 다짜고짜 일단 들으면 약속을 해야만 하니 그 전에 마음의 결정을 내리라는 것이다. 꽤나 진지한 그 표정이 귀여워서 진심 반 호기심 반으로 나는 대답했다.

"그래, 좋아. 약속할게. 이제 얼른 말해줘!"

'시간이 지나면 시들어버릴 것들을 좇지 말자.
눈으로 보이지 않아도 어렴풋이
마음이 느끼는 곳으로 향하자.'

이것이 그가 남긴 약속의 전문이었다. 누구나 그렇듯 우리에게도 시간은 빠르게 흘렀다. 어느새 그는 내 남편이 되었고 우리에겐 책임져야 할 아이들이 생겼다. 한 가정의 가장이 된 것이다. 그러고는 대부분의 약속이 그렇듯 우리의 약속도 아주 조용히 잊혀져버렸다.

형편이 조금 빠듯해진 생활 때문에 우리 가족은 조금 더 작은 집으로 시내에서 조금 더 외진 곳으로 이사를 가게 되었다. 그렇게 이사를 며칠 앞두고 이런저런 짐들을 정리하다가 서랍 구석에서 바로 이 잊혀졌던 약속의 전문을 발견했다. 최근 들어 느꼈던 불안한 마음들이 먼지 묻은 약속 하나와 마주친 순간에 나는 이를 악물었다.

"그래, 믿자. 좀 큰 집이면 어떻고 작은 집이면 어떤가. 언제나 그랬듯 이번에도 보란 듯이 그를 믿어보자. 남편은 한 번도 나를 실망시킨 적이 없다. 이미 나는 오래전에 약속을 해버렸잖아. 이제 우리는 다시 찾은 그 약속을 지키기만 하면 되는 거야."

사랑과 사랑이 모여
너와 내가 만나, 그렇게

이해관계

'이해관계'의 사전적 정의는 '서로 이해가 걸려 있는 관계'다.

보통 우리가 이해관계란 말을 할 때 그것은 복잡하게 얽혀 있고 쉽사리 헤아릴 수 없는 미묘한 이성과 감정의 뒤섞임을 뜻한다.

누군가 내게 "나는 당신을 이해해."라고 말했을 때 나는 그가 무엇을 어떻게 얼마만큼 그리고 왜 이해했다는 것인지 감히 알 수 없다.

다만 나는 어렴풋이 느낄 뿐이다.
혹시 그 말은
당신을 이해한다는 말은

나와 당신의 관계는 서로를 해치지 않을 만큼의 거리인 동시
에 감정의 온도를 느낄 수 있을 정도의 거리에 있음을 말하는
것은 아닐까 하고.
나는 그 거리가 우리 사이에 놓인 이해관계의 가장 이상적인
간격은 아닌가, 하는 생각을 해본다.

오늘은 그 끝없이 이어지는 이해관계에 쉼표 하나를 넣어보
는 것도 좋을 것 같다.

이해, 관계
아름다운 간격이다.

내가 좋아하는 것

너의 말투, 그 웃음소리, 비슷한 걸음걸이, 네 표정, 네 생각, 멀리서 걸어오는 네 모습, 수화기 너머의 너, 잠들기 전 떠오르는 네 공간, 너의 냄새, 밥 먹는 모습, 흥얼거리며 함께 걷는 길, 함께 빗소리를 듣는 일, 우리가 마주보는 장면, 함께 영화 엔딩 크레디트를 보는 순간, 입을 맞출 때와 손을 잡을 때, 너의 집으로 올라가는 언덕, 자주 가는 카페와 늘 그대로인 공간, 너를 보는 나와 나를 보는 너, 너를 기다리는 나와 내게 오는 너.

내가 정말
사랑하는 것은 무엇인가

그건 내가 고칠게!
내가 전부 잘못했어.
다신 그런 일 없을 거야.

흔히 사랑 앞에서 나약해진 우리가 지푸라기라도 잡는 심정으로 뱉는 말들 있잖아. 그렇지만 그 모든 잘못이 다 너의 탓은 아니잖아. 다시 한 번 잘 생각해봐. 상대가 못마땅해 하는 것들은 오랜 기간 너를 이루고 있던 것들이잖아. 알고 보면 그게 너란 사람이야. 따지고 보면 그건 잘못된 것도 아니야. 그저 서로 잘 맞지 않을 뿐이겠지. 그건 '고친다'기보다는 바꾼다는 의미야. 이전의 너와는 완전히 다른 사람이 된다는 뜻이지. 저 말들 있잖아, 지킬 자신은 있는 거야?
너를 완전히 다른 존재로 바꾸면서까지 그 사람을 철저히 사랑할 자신이 있냐고 묻는 거야 지금.

생각만큼 튼튼하지는 않은

누군가 새하얀 벽에 사정없이 못을 박았다.
본인도 이유는 모른다고 했다.
처음엔 작은 구멍이 하나 났을 뿐이었다.
며칠 뒤에도 쾅쾅쾅 못 박히는 소리가 났다.
변한 것이라면 고작 구멍이 몇 개 늘어났다는 것뿐이었다.

그것이 몇 번쯤 반복되었을까.
벽은 순식간에 무너져 내렸다.
금이라도 생겼다면 못은 한 번 더 고뇌하며
박혔을지도 모른다만
벽은 한마디 예고도 없이 갑작스럽게 무너져버렸다.

무너진 뒤에 그것의 본래 형태를 떠올릴 수 있는 사람은
아무도 없었다.

다만 그 벽의 이름은 '마음'이었다고 한다.

빨래를 하다가

투명한 구멍 속에서 빨래가 돌아가고 있다. 옷가지들과 양말, 속옷 같은 것들이 일정하지만 일정하지 않은 움직임으로 뒤섞이고 있다. 빨래를 하다가 빙글빙글 돌아가는 것들을 보다가 나는 문득 깨닫는 바가 있어 습관적으로 머리를 긁적인다.

아무리 새것처럼 깨끗하게 만들어도 이제 이것들은 더 이상 새것은 아니라는 것, 한번 입고 던져놓은 것들은 아무리 새하얗게 만든다 한들 더 이상 처음은 아니라는 것. 세탁기에서 종료음이 울리고 나는 차곡차곡 그것들을 꺼내며 다짐을 한다.

첫눈도 마지막 눈도 사실 다 똑같은 눈이지만 하나 다른 것이 있다면 그건 시간의 문제일 거라고 녹았다가 다시 내리는 눈은 아무리 많이 와도 결코 첫눈이 될 수는 없는 노릇이라고 그러니 적어도 네가 녹아버리는 일은 없어야겠다고 너와 나는 같은 시간 같은 온도에 머무르자고 언제든 새것처럼 되돌릴 수 있다며 너를 구석으로 밀어 넣는 일은 없어야겠다고 꼭 그리하여 너는 나에게 영원한 처음이라고.

오래된 편안함에도
　　나는 늘 내 안의 너를 처음처럼 지켜보겠다고.

흔한 오해

있잖아,
이해라는 말은 생김새부터 오해와 닮은 것 같지 않아?

아마 상대방을 충분히 이해하고 있다는 생각은
모르긴 몰라도 대부분이 오해일 것 같아.

조언

사랑이란 감정을 제대로 이해하기 위해서는
주변의 시선이 아니라 내가 바라보는 대상에게
주의를 기울여야 했다.
그걸 조금만 더 일찍 알아챘더라면
나는 사랑을 지킬 용기를 가질 수 있었을 거란 생각이 든다.
아니, 그런 확신이 든다.

남들의 입에서 나온 숱한 걱정거리들을
굳이 내가 떠맡을 이유는 없었는데
내 사랑에 대한 고민들은 대부분 내가 아닌 타인을 통해서
자라나는 경우가 많았다.

"조심해,
너무 깊이 빠지기 전에 좀 더 확실히 알아봐.
조심해서 나쁠 거 없잖아.
사람 일은 모르는 거니까."

내 연인에 대한 타인의 평가는 그러했다.
그에 대해서 한 번 더 생각해보라 말했었다.

나는 그렇게 남들의 조언에 귀를 기울이다가
정작 내 사랑의 이야기들을 스쳐 보냈다.
시간을 돌릴 수만 있다면 나는 귀를 닫고 입도 닫고
현관문도 잘 잠가둔 채 그저 내 사랑을 안아주고 싶다.
그의 심장소리에만 집중했었더라면
아마 우리가 스쳐 지나간 사이가 되진 않았겠지.

참 미련하게 사랑을 했던 한 사람으로서
당신에게 조언을 한마디 해주고 싶다.

사랑이 삐걱거리게 되는 계기는
큰 문제가 아니라 아주 사소한 호기심에서 비롯된다.
사랑을 의심하지 마라.
그래도 이해할 수 없는 공백이 있거든 당신이 해야 할 일은
의심이 아니라 그를 안고 대화하는 일이다.
당신이 알고 싶은 모든 것들은 주변인이 아니라
바로 사랑하는 사람이 알고 있을 테니까.

물론 지금 이 말 또한 결국엔 제3자의 조언에 지나지 않는다.
그러니 당신은 당신의 사랑을 하면 되는 것이다.

그러면 된다.

2부

지금부터

우리 사랑은

부재중

조금씩 조금씩

사실은 만남을 이어간다는 것은 조금씩 이별하고 있는 것이다. 어디까지나 우리는 각자에게 정해진 만큼의 시간 속에서 살아갈 뿐이니 말이다. 모두들 나이를 먹고 주름이 늘고 허리가 구부정해진다. 마주보고 있는 순간순간에 우리는 모든 것들과 이별에 가까워지고 있다.

너와 헤어지는 날에 나는 어떤 표정을 지을까?
나는 모르겠다.
허나 당신과 내가 이렇게 끝을 향해 나아가고 있는 순간에도
우리는 조금씩 조금씩 서로를 닮아가고 있다.

나의 습관에는 너의 향기가 있다.
너의 생각에 나의 웃음이 있는 것처럼
그런 끝이라면 마냥 두렵기만 한 것도 아니다.
우리는 감히 아름다운 끝을 기대해본다.

서로 존재하던 것들이
하나가 된 것처럼
그렇게

소나기

운명처럼 만나 아주 사소한 문제로 헤어짐을 겪고서
나는 모든 것이 그냥 우연이었다고 믿게 되었다.

이제는 놀라울 만한 설렘에도
갑작스런 소나기를 만난 사람처럼 도망가기 바쁘다.

그때 당신에게 조금만 더 따뜻한 말 한마디를 건넸더라면
차마 이별을 막을 순 없어도
지금의 나를 위한 작은 변명 정도는 가질 수 있지 않았을까.

시간이 갈수록 미안해진다.
내리는 비를 도무지 피할 수가 없다.
금방 지나가는 소나기인 줄 알았는데
이별 후부터 내 마음은 이토록 마를 날이 없다.

운명이든 우연이든 그냥 한번만 더
너와 마주치는 생각에 잠겨본다.
늦었지만 바로잡고 싶은 일들이 많다.

계절의 끝

계절의 끝에는 늘 그녀가 있다.

나는 시시때때로 그녀와 이별하고 있다.

처음이 아닌 일에도 그건 참 힘겹다.

어딜 가나 그녀가 있다.

더 깊게 사랑한 만큼

더 멀리 떠나가는 일도 어렵다.

각자의 계절은 그들 나름대로 지니고 있는 이별의 맛이 있다.

그중에서도 나는 여름이 가장 시리다.

햇볕이 쨍쨍하던 날, 눈이 부실 정도로 굵고 짧은 이별이었다.

집으로 돌아오자마자 나는 감기 몸살에 걸렸다.

그 뒤로부터 계절이 끝날 시기가 되면

나는 다음 계절을 버티기 위한 준비를 해야만 했다.

그녀가 떠난 뒤로 세상이 멈춰버렸다면

계절이 바뀌는 일도 없었을 텐데

끝날 줄로만 알았던 내 세상은 조금은 다른 방식으로

계속해서 이어지고 있다.

그녀가 어디에 있든 무엇을 하든 죄를 짓든 사랑을 하든

내가 그녀를 사랑했다는 사실에는 변함이 없고

언제나 나는 이별 중이다.

언제부턴가 봄의 시작이라는 말보다

겨울의 끝이라는 말이 더 익숙해졌다.

끝이라는 말에는 그녀가 있다.

계절의 시작과 끝, 그 모두를 그녀와 함께 하는 중이다.

진심은 언제나 한걸음 늦다

여자는 남자와 헤어지며 말했다.

"아프지 말고 잘 지내. 그뿐이야."

여자의 마른 입술이 끝을 알리는 신호를 보낸 뒤
마주보던 두 사람은 이내 등을 돌렸다.
두 사람은 그렇게 멀어져갔다.

채 몇 걸음을 내딛기도 전에 여자는 뒤를 돌아봤다.
그녀의 시선에서 남자의 뒷모습은 참 작고 쓸쓸했다.
저 멀리 남자가 사라지고 있을 때가 되어서야
여자는 그가 한 번만 뒤를 돌아봐주길 바랐다.

남자가 멀어져가는 곳을 보며
여자는 가슴으로 말했다.

나에겐 여전히 '그' 뿐이야.

우리의 마지막은
봄날의 꽃집 앞에서

"왜 날 버리고 가려는 거야
내게는 네가 전부인데.
네가 없으면 세상이 무너져버릴 것만 같아."

그녀가 나를 쏘아본다. 원망과 그리움이 섞인 눈빛이 나를 향
해 쏟아진다. 이미 답이 정해져 있는 선택의 순간에서 내가
할 수 있는 일은 그저 소리 내어 끝을 말하는 것이 전부였다.

"너를 버리는 게 아니야.
동시에 나는 너를 가진 적 또한 없는 거야.
너는 누구의 소유물도 아니야 과거에도 그랬고
지금도 마찬가지야.
네가 포기하지 않는 한 세상이 끝나는 일은 없을 거야."

내게는 과분한 그녀가 눈물을 흘린다. 그녀의 눈물을 막으려다 나는 도리어 그녀를 더 울리고야 말았다.

지극히 현실적인 문제 때문에 나는 지금 거짓 이별을 고하고 있다. 사실은 그녀가 끝내 포기하지 않았으면 좋겠다. 내 손을 잡고 마지막까지 내게 매달리는 광경을 떠올려본다. 못이긴 척 불과 몇 분 전의 시간으로 돌아가고 싶다.

삶이 매일 행복할 수 없다는 걸
알지만. 그래도 여전히 아픈 건
피하고 싶은 마음이다

사랑이라는 문제

아무런 문제도 다툼도 없이 사랑할 수 있을까?
사랑, 그 자체가 큰 문제인걸.

사랑이 수학이었다면 차라리 조금 더 쉬웠을 것을. 사랑에 일
정한 공식과 풀이가 있었다면 그리하여 그 끝에 단 하나의 답
이 있었다면 우리가 떠난 사람의 빈자리에 앉아 터무니없는
그리움을 답 대신에 내어놓지는 않았을 텐데.

내 사랑의 답안지에는 '미안해' 한마디가 적혀 있다. 나는 스
스로에게 빵점을 줄 수밖에는 없었지만 그건 내가 지금껏 풀
어온 문제에 대한 가장 솔직한 답안이었다. 아마 우리는 당신
과 나 사이 문제들에 무작정 해답을 찾으려 했기 때문에 빵점
짜리 답안지를 만들 수밖에 없었던 것은 아닐까.

사랑, 그건 답을 찾아야 하는 문제는 아니었어. 흔히들 답을 찾으려 하겠지만 그 순간에 사랑은 어긋나기 시작하는 거야. 사랑, 세상에 그렇게 간단한 동시에 복잡한 문제는 더 이상 존재하지 않을 거야.

글쎄, 아직도 나는 잘 모르겠어.

언제나 사랑한다 말해줘

헤어지자는 말은 뜬금없는 사람의 입에서 나오지 않는다. 언
제나 그 말은 사랑하는 사람의 입술 너머 내게로 온다.
이별은 그래서 아프다. 맞다. 열렬히 사랑한다고 해서 언제나
구원을 받는 것은 아니다. 그래서 사람은 또 사랑은 알다가도
모른다고 하는 건가 보다.

그러나 "사랑해."라고 말했던 그 입술이 언제나 "우리, 헤어지자."로 연결되는 것도 아니다. 결국 그것은 그 사람과 나의 몫이다. 내일도 모레도 사랑하는 이에게서 또 나에게서 여전히 처음의 그 단어가 맴돌 수 있도록 우리는 열심히 노력해야만 한다.

헤어지면서 '최선을 다했다'는 변명은
자기 자신에게도 상대방에게도 인정받을 수 없다.
사랑에 최선이란 단어는 존재하지 않기 때문이다.

사랑, 그것은 늘 부족하다는 걸 알면서도
채워보고 싶은 것이다.

여자의 직감

남자는 습관처럼 말했었다.

　　　　걱정 마, 내가 있잖아.

열리지 않는 뚜껑, 불이 켜지지 않는 전등, 도무지 생각처럼
되지가 않는 조립식 가구들에 이르기까지 여자가 문제들과
마주칠 때면 남자는 씩 웃으며 담담하게 말했었다.

　　　　걱정 마, 걱정 마.

마법과도 같은 그 주문이 지나가고 난 뒤에 대부분의 문제들
은 다 정리되었지만 그녀는 가끔 두려워질 때가 있었다.
'이젠 그가 없으면 이런 하찮은 문제들에도 내 하루는 엉망진
창이 될지도 모르겠군.'

이후에도 종종 그녀에겐 남자의 도움이 필요한 크고 작은 문제들이 일어났다. 그때마다 남자는 썩썩하게 그것들을 처리해주었다. 늦은 시각에도 한걸음에 달려와 전구를 갈아주기도 했다. 그러나 남녀 관계의 문제들은 전구를 바꾸는 것처럼 그리 간단명료하지는 않아서인지 그와 그녀도 대부분의 연인들이 겪는 익숙한 문제들로 인해 오랜 연애를 끝내고 말았다.

아무런 걱정도 말라고 말하던 그가 더 이상 그녀의 문제를 해결해줄 수 없는 관계가 되었을 때 그녀는 어질러진 방을 치우다 그만 쓴웃음을 지을 수밖에는 없었다.

때때로 그녀가 느꼈던 두려움이 이제는 현실이 되어 있었다.

나는 대뜸 그에게
묻고 싶었다.
도대체 사랑이란 게
뭐냐고.
우린 대체 왜 이별을
해야하는 거냐고.

언제든 기대 편히 쉬라던
너는 대답이 없다.

이별, 보내지 못할 편지를
버릇처럼 쓰는 일

너도 알다시피 내가 술만 마시면 너를 그렇게 찾았잖아. 덕분에 너는 한밤중에도 부랴부랴 택시를 타고 내게 왔어야 했잖아. 오랜만에 친구들과 간단하게 술 한잔을 마시고 안주는 그냥 각자의 근황으로 대신했어. 예전엔 그렇게 못 고치겠던 버릇이 지금은 온데간데없어. 아마 변화라는 건 벼랑 끝까지 몰릴 때쯤 겨우 만들어낼 수 있는 것이었나 봐. 어쨌든 나는 이제 적당히 조절해서 삼키는 법을 배웠어. 술도 실망도 용기도 아주 적당하게만 담아두곤 해. 그래야 마무리가 깔끔하거든. 이제는 술을 마신 다음 날 아침에도 기억이 구멍 나는 일 따위는 없어. 마찬가지로 요즘 내게는 큰 실망을 느끼는 일 따위도 없어. 그냥 적당히 기대하니까 실망도 알아서 적당한 수준으로 찾아오던걸.

적당히 사랑하고 적당히 기대고 적당히 네 마음을 이해해줬더라면 우리는 그 쓰라린 기억으로부터 도망칠 수 있었을까?

너도 알다시피 너와 헤어진 날에 나는 또 술을 마셨어. 비틀비틀 술집을 나서며 네게 전화를 걸었었지. 전화번호를 누를 필요도 없었어. 그저 통화 버튼을 두 번 누르기만 하면 네게로 신호가 가니까 말이야. 혹시 그때 전화를 받지 않은 건 마지막까지 내 못된 버릇을 고쳐주기 위해서 그런 거니?

그날 밤, 나는 길거리에 주저앉아 밤새 울리지 않은 전화를 붙들고는 아무도 모르게 조금 울었어. 너를 찾는 버릇을 조금씩 고쳐나가면서 나는 조금 더 성숙해지긴 한 것 같아. 그래도 가끔은 철없이 네게 투정을 부릴 수 있었던 그 시간들이 그리워질 때가 있어. 그럴 때면 늘 남몰래 네게 편지를 쓰곤 해. 어쩌면 너를 찾는 버릇을 나는 아직 완전히 버리지 못한 것 같기도 하지만, 전하지 못한 편지가 내 방 구석에 쌓여갈수록 아이러니 하게도 나는 네게서 점점 자유로워지는 걸 느끼곤 했어.

그날 밤, 그 전화 받아주지 않아서 고마워.
네 용기 덕분에 우리는 각자의 삶에 충실하게 되었잖아.
늘 고맙고 미안하게 생각하고 있어.

잘 지내.

발자국

늘 녹을 때 생기는 질퍽하고 거무튀튀한 구정물이 싫어서
나는 눈을 싫어했었다.
어차피 이렇게 녹을 거면서 왜 구태여 펑펑 내리느냐고 속으
로 잔소리를 늘어놓기도 했다.

역시나 올해도 눈은 싫었지만 언젠가 눈이 오던 날에
                        그녀와 함께 걸어온 길을 돌아보다가
나는 그만 부끄러워 말문이 막혔던 기억이 있다.

눈이 구정물이 된 것은 전부 누군가의 발자국 탓이었다.
그렇다, 사람들이 밟지 않은 눈은 녹을 때에도 내릴 때와 마
찬가지로 새하얗게 녹았다.

                        때 묻지 않은 사람을 만날 때에는
그만큼이나 예쁜 마음을 가져야 한다는 생각을 했다.
그 사람에게 시커먼 발자국이 되기는 죽기보다도 싫었다.

마음 수거함

첫 만남만큼이나 헤어지는 것은 중요하다. 대개 사람들은 헤어지는 행위를 모든 것을 처음으로 되돌리는 것으로 착각하는 경우가 많지만 이별 후, 당신은 연애를 하기 전의 당신과 똑같지만은 않다. 물론, 인정하기 싫을 테지만 말이다.

헤어짐을 확실히 마음먹었을 때 마음은 우리에게 나지막이 말한다.

"아무렇게나 버리진 말아줘.
그래도 네가 날 버리려고 하기 전까진
나는 참 따뜻했잖아."

이제는 갈 곳을 잃은 이 마음의 소리들은 어디에 담아두어야 하는 걸까. 눈에 밟히지만 어쩔 수가 없다. 이미 떠난 마음에게 재활용이란 있을 수 없는 법, 그것은 있어도 없는 것, 존재함과 동시에 존재하지 않는 것이니 말이다.

그렇다 할지라도 길바닥에 혹은 쓰레기통에 아무렇게나 내동댕이쳐지는 꼴은 못 보겠다. 한때 그것은 나의 전부였고 또한 누군가의 전부였기 때문이다. 우리 모두에게 마음 수거함이 있었으면 좋겠다. 길을 잃은 마음들이 올겨울 찬바람을 잘 버틸 수 있도록.

조금 뻔하긴 해도 지키기는
여간 어려운 것이 아닌

결론부터 말할게. 네가 생각하는 그런 이상적인 만남이나 결혼 같은 것은 없어. "난 결혼해서 꼭 그들처럼 살 거야."라고 다짐하는 순간, 너의 결혼은 이미 조금 삐걱거린 셈이야. 다른 사람과 한 집에서 산다는 건 생각보다 단순한 일은 아니거든. 아마 모든 것들이 위험에 노출되어 있을 거야.

어질러진 신발장과 아무렇게나 벗어놓은 옷, 욕실 슬리퍼에 홍건한 물과 며칠 전부터 갈아주기로 했던 망가진 전등까지, 결혼을 후회할 수많은 근거들이 집안 곳곳에 자리하고 있을지도 몰라. 그래서 결혼은 꿈과 이상이 아닌 지극히 현실의 영역이라는 말이 나오는 건가 봐. 꼭 꿈이 아닌 현실에서 너를 사랑해줄 수 있는 사람을 만나. 그거면 돼. 다른 사람들의 방식을 굳이 따를 필요는 없어. 집이 비좁고 가구가 별로 없어도 너의 마음만은 따뜻하게 채워줄 수 있는 사람을 만나. 배경이 멋있는 사람이 아니라 너를 위해 기꺼이 중심이 아닌 배경이 되어줄 수 있는 사람을 만나. 그러면 된 거야.

기다리는 일

화장을 고치다가
실수로 번졌다

떠나는 사람의 뒷모습이 다 사라질 때까지
그 자리에서 멍하니 바라본 적이 있는가.

혹시라도 그 사람의 마지막이 서린 저기 길 모퉁이에서
평소와 다름없는 표정을 하고서 내게로 올까 봐
차마 등을 돌리지 못한 적이 있는가.

돌아오길 간절히 바라는 마음만큼
돌아오지 않는다는 확신이 무겁게 나를 짓누르던

하루가 있는가.

그를 다 잊었다는 안도감만큼
여전히 그가 내 안에 남아 있다는 확실한 증거도 없겠지.

멍하니 바라만 보다 차마 등을 돌리진 못해서
그래서 떠나가지 못하고 남겨져버린
이제는 다 괜찮다는 표정을 하고 있는
내 머리를 쓸어 넘기다 그만
아직도 나는 그 거리에서 채 한걸음도
움직이지 못한 건 아닌지
덜컥 겁이 났다.

왜 그러느냐고 왜 그렇게 미련하게 구느냐며 나에게 묻는다.
상처주기보다는 상처받는 편이 좋으냐고
그렇다면 왜 너는 자신에게는 이토록 상처만 주는 거냐고
나를 꾸짖어보기도 한다.

화장을 지우다가 눈물이 떨어졌다.
지나간 시간들이, 참 아팠던 기억들이
번지고 흐려진다.

나를 아프게 한 건 네가 아니야

우리가 헤어진 순간에
그 무엇보다 나를 아프게 했던 건
관계를 정리하고자 했던 너의 행동이 아니라

"이제 정말 지긋지긋해."라고 했던 너의 말이었어.

내겐 그 말이 흉터처럼 남아서
가끔 그 자리가 쓰라린 날이면
혼자 궁상맞게 술도 마시고 눈물도 흘려보지만
여전히 그 말은 너무나 아파.

나는 왜 너에게 지긋지긋한 사람이 될 수밖엔 없었던 걸까?
지금의 나를 아프게 하는 건
네가 아니라 내 잘못인 거 같아.

너에게 지긋지긋한 사람이 될 수밖에 없었던

내가 너무 미워.

짐

좁은 방 안이 분주하다. 함께 지낸 5개월의 시간 끝에 우리는 각자의 짐을 챙겨 서로 다른 곳으로 이사를 간다. 함께 살았던 시간 동안 그렇게 많이도 싸웠는데 더 이상 같이 살지 못하겠다는 결단을 내리기가 왜 그리도 망설여졌는지 나는 잘 알지 못한다. 그 과정이야 어찌됐든 간에 막상 결정하고 나니 속이 후련하기도 했다. 각자 지낼 곳을 알아보고 짐을 옮기기 편하게 우리는 같은 날에 이사를 가기로 했다. 아마 한 명이 이 공간에 홀로 남겨지는 것은 서로 바라지 않았기 때문인지도 모른다. 그렇게 달력에 빨간 동그라미가 바로 내일로 다가왔다. 낑낑대며 이삿짐을 챙기는 동안 우리에겐 약간의 문제가 생겼다. 값어치가 꽤 나가는 짐들은 고민할 필요가 없었다. 주인의 소유가 명확했고 부서지지 않게 박스에 잘 넣어두기만 하면 됐다.

문제는 아주 작고 사소한 것들이었다. 함께 찍은 사진, 서로에게 준 편지, 본래 누구의 것인지 기억은 잘 나진 않지만 참 편해서 자주 입곤 했던 잠옷 바지 같은 것들 말이다. 차마 한 장의 사진을 둘로 나눠 각자의 부분을 챙길 수는 없었다. 그에게 사랑한다고 적어놓았던 편지를 무효라며 돌려달라고 말할 수가 없었다. 아끼던 잠옷 바지를 챙기면 함께한 밤들이 밀려올까 두려워서 챙길 수가 없었다. 함께 나눈 시간들은 서로에게 기억되는 때에만 살아 있는 것이기에 차마 지울 수가 없었다.

행복했던 순간은 정말로 다 진실이었는데 이제와 그것들은 사실이 아닌 것이 되어버렸다. 그렇다고 그 시간들이 거짓이라고 할 수는 없는 노릇이다. 나는 짐을 챙기다가 참고 또 참았던 울음을 터뜨렸다. 이별에 합의하고 단 한 번도 그에게 소리를 치지 않았건만 나는 지금 엉거주춤한 자세로 세상이 끝날 듯 소리치며 울고 있다.

"네가 다 가져가버려.
나는 이런 마음의 짐 같은 거 도저히 감당할 자신은 없으니까.
이거 다 네가 가져가버려!"

사실은 달력에 그 빨간 동그라미가 제발 다가오지 않기를 바라고 있었나 보다. 우리의 세상이 끝나기 하루 전날 밤, 각자의 짐을 나누다 그만 이별을 미루려 울고불고 떼를 썼다. 내일이 밝아오지 않는다면 좋겠다.

나는 그럴 수밖에는 없어요

오늘도 나는 기다려요.
당신이 떠난 이후부터 내 삶은 고장 난 시계처럼
멈춰버린걸요.
이제는 당신이 오지 않을 거란 사실을
너무도 잘 알지만 오늘도 나는 기다려요.
나는 그럴 수밖에는 없어요.
그저 고장 나버린 시계인걸요.

그래도 혹시 그 사실을 알고 있나요?
고장 난 시계라도 하루에 두 번은 정확한 시간을 가리켜요.
가만히 기다렸기에 가능한 일이죠.

그러니 적어도 하루에 두 번, 나는 제자리에 있어요.
당신이 떠나간 시간 속에서
오늘도 당신을 기다려요.

그럴 수밖에는 없어요.
당신이 떠나간 순간부터
내 삶은 늘 제자리걸음만 할 뿐이죠.
이제는 당신을 기다리는 일이
내가 있어야 할 유일한 자리란 걸 알아요.

　　　　　24시간을 기다려 하루에 단 두 번 짧게라도
　　　　　　　　　스쳐지나요, 우리.

　　　　　　오늘도 부디 좋은 하루.

귀를 기울여야 들린다

화장실에서 볼일을 보고 있는데
주머니 속 휴대폰에서 진동이 울렸다.
분명히 또렷이 느껴질 만한 진동이었다.
허나 확인해보니 그곳엔 아무런 소식도 없었다.
때때로 겪는 일이라 대수롭지 않게 넘어갔다.
나는 손을 씻는다.
미련하게도 커다란 거울을 보며 그제야 알아차리고야 말았다.
그간 계속된 진동은 바로 내가 만들고 있었다는 것을
자세히 보지 않아 몰랐던 것일까.
나는 분명 떨리고 있었다.
확인하지 못한 부재중 메시지가 내 속에 수북이 쌓여 있다.
내 속을 내가 모른다.

미용실에서

오늘은 머리카락을 조금 잘랐어.

이별을 겪는 사람들이 누구나 한 번쯤 덜컥 저질러버리는 그
런 일 말이야.

사각사각 가위소리와 함께 머리카락이 떨어지면서

너와 내가 함께했던 시간들도

이제는 내게서 멀리 떨어져 나갔으면 좋겠다며 목구멍으로

마른침을 삼키기도 했어.

딱 마지막으로 한 번만 더 떠올려보기로 한 네 모습 때문인지
어느새 거울 속에 내 눈시울은 금방이라도 울음을 쏟아낼 것
만 같아.

그래도 빛났던
너와 나의 시간들이

있잖아. 머리카락이 다시 자라게 되면
내 마음도 다시 제자리를 찾을 수 있을까?
사실은 그리움도 그만큼 같이 자라나버릴 것 같아서
나는 벌써부터 지레 겁을 먹어버렸는지도 몰라.

아직도 조금만 참아보면
눈 딱 감고 그렇게 꽤나 긴 밤들을 지나면
다시금 우리가 헤어지기 전의 머리 길이가 되면
아무런 일도 없던 것처럼 네가 웃으며 돌아올 것만 같아.

엉망이 된 것들을 제자리로 돌리고 싶어.
시간이 답이라는 말을 믿어볼 수밖에 없는 내 하루가 두려워.
너를 네 머릿속에서 지워도 지워도
자꾸만 다시금 자라날 것만 같아.

거울 속에 달라진 내 모습을 보고도 여전히 나는 자신이 없어.

오늘은 꼭

그렇게나 많은 눈물을 흘려놓고서
오늘도 나는 당신을 완전히 놓아버리진 못했다.

아, 싫다.

오늘은 꼭 그를 보내려고 했으나
역시나 그 다짐은 산산이 무너져버렸다.
멀어지는 너의 뒷모습이 내일은 더 선명해질 것만 같다.

섣부른 걱정은 금물

서랍 속에 두고서 깜빡해버린 것들에게도 시간은 흐른다. 당신이 잊어버렸다고 해서 그것이, 그 사람이, 그때의 기억이, 그 순간이 모두 완전히 사라지는 것은 아니다. 그러니 잊혀진다고 해서 죽은 사람처럼 굴지는 말자. 누군가에게 잊혀져도 나는, 또 당신이라는 존재는 털끝 하나 사라지지 않는다.

너와 내가, 그러니까 우리가
만들어갈 이야기들에 대하여

퇴근 길, 전등, 그리고 기억

퇴근 후 고단한 몸을 이끌고 집으로 가는 길에
지하철 창 사이로 가로등이 나타났다 사라졌다 하는 것이
이제는 갈아줄 시기가 되었다며 깜빡이는 전등 같아 보였다.

다세대 빌라 5층 꼭대기, 우리 집으로 가는 계단을 오르며
내가 지나갈 즈음이면 알아서 불이 켜지는 모습이
꼭 누군가 나를 마중 나온 것 같은 기분이었다.

어질러진 가방 속에서 용케도 열쇠를 찾고는
눈을 감고도 문을 열 만큼 익숙한 행동을 뒤로 한 채
그대로 침대에 몸을 던졌다.

퇴근길에도 집을 오르는 계단에서도
네 생각을 켰다가 또 껐다가
몇 번을 반복해봤지만

네 생각을 꺼둔 내 눈앞은 좀처럼
한 발자국 앞도 구분할 수 없을 만큼 깜깜해서
나는 금세 다시 너를 내 머릿속으로 데려올 수밖에는 없었다.

깜빡이는 전등처럼
이제는 갈아야 할 시기가 된 낡은 기억을
나는 차마 버리지 못해서
오늘도 너를 반복할 뿐이다.

지금부터 우리 사랑은 부재중

너의 전화를 부재중으로 내버려둔 것은
일전의 너와 나 사이에 있었던 모든 일들에 대한 나의 대답
이었다.

우리가 사랑에 실패했을 때
나는 때마침 비가 올 것 같은 하늘이 너무나 원망스러웠다.
하늘이 보이지 않는 밝은 실내를 찾아서 뛰고 또 뛰었지만
좀처럼 울먹이는 하늘로부터 벗어날 수가 없었다.

> 그는 그때 왜 그런 표정으로
> 내게 그런 말을 했던 걸까.

시간이 지나 많은 것들이 원망에서 미안함으로 바뀌었다. 아
마 그도 그랬을 거다. 아니라도 그렇게 믿어보고 싶다. 내가
끝내 미안했던 것은 모든 책임을 그에게 미루었던 스스로에
대한 애잔함 때문이었다. 그리고 끝내 너의 전화를 부재중으
로 내버려둔 것은 조금 더 확실하게 말하고 싶어서였다.

우리의 이야기는 끝났다고 거기까지일 뿐 다음은 없다고.

우리는 서로를 그만큼 사랑하지 않았던 걸까 아니면 그저 어
른스럽지 못했던 것일까?
자기 자신을 사랑하면서 또 상대방을 충분히 사랑하는 일은
정말 가능한 것일까?
아직까지도 나는 많은 혼란들에 뚜렷한 답을 할 수는 없지만
그래도 고마워. 나는 너로 인해 조금은 성숙해진 것 같아.

흔들리는 전화를 분명하게 바라보며
이렇게 많은 이야기들을 담아본다.

마른 수국
그래도 사랑했던 날들

한도초과

카드 고지서가 날아왔다.
상황을 보아하니 한도를 조금 줄여야겠다.
분위기에 취해 늘 일단 저지르고 보는 습관도
조금 고쳐야겠다.
아껴 써야 한다는 생각은 늘 있지만
늘 생각으로 끝나서 문제다.

밀린 가계부를 쓰고 통장 정리와
이것저것 귀찮은 일들에 시간을 보내니
금방 하루가 지고 있다.
창밖의 노을이 꽤나 그리운 표정을 하고 있다.

이 시간이면 어김없이 그가 떠오른다.
먼저 연락이 올 때까지 기다려보자 다짐했거늘
나는 문자를 썼다 지웠다 그렇게 몇 번을 반복하다
결국엔 보내고야 말았다.

'잘 지내?'

답장이 없다.
잘 참았다고 생각했지만 또 마음이
조금 성급했던 게 사실이다.
누군가를 좋아하는 감정에도 한도를 정해 놓을 수 있다면
정말 얼마나 편할까?

이미 나는 충분히 한도초과다.
다른 사람에게 줄 마음의 여유가 없다.

아껴서 쓰는 일은 늘 힘들지.
돈도 사랑도.

나는 그녀의 비밀을 알고 있다

나는 가끔 그날이 미안해질 때가 있다.

언젠가 그녀의 취한 모습을 본 날이었다. 처음이었다. 휘청휘청 흔들리는 그녀를 보며 나는 고개를 갸우뚱했다. 그녀가 비틀거리는 건 상상해보지 못한 일이었기에 그 모습이 어찌나 낯설던지 늘 밝게 웃는 표정을 하고 있던 그 사람이 무슨 이유에선지 그날은 참 슬퍼 보였다.

나는 아무런 말을 해주지 못했다. 무슨 일이 있는 건지 왜 술을 마신 건지 속은 괜찮은지 그런 생각들이 나지 않았다. 그냥 멍 했다. 같이 택시에 올랐을 때 고개를 푹 숙이고 있던 그 사람에게 내 어깨를 빌려주지 못했다. 나는 그녀의 마음이 아니라 기사 아저씨의 눈치를 봤던 것 같다. 나는 그 자리가 내내 불편했었다.

시간이 지나 나는 가끔 그날이 미안해질 때가 있다. 곰곰이 생각해보니 그녀의 거르지 않은 모습을 본 것은 그날이 마지막이었다. 다시 한 번 기회가 찾아올 거라 생각했지만 비틀거리는 그녀의 모습은 정말 그날이 처음이자 마지막이었다. 오늘도 그녀는 밝은 표정이지만 언젠가 꼭 그날처럼 비틀거리는 그녀의 속마음에도 따뜻한 말 한마디와 포근한 어깨를 내어주고 싶다.

아마도 그것이 그녀가 눈물을 흘리는 방식이 아니었을까? 큰 울음소리도 닭똥 같은 눈물도 없었지만 그것이 그녀가 세상에서 가장 서럽게 우는 방식은 아니었을까?

비밀스러운 그녀만의 눈물,
나는 그녀의 비밀을 알고 있다.
언젠가는 그 눈물까지 이해해줄 내가 되어보기로 했다.

족저근막염

병원에선 이건 재발이 잦은 병이래.
꾸준한 치료가 필요하다는데
특히 되도록 구두 대신에 운동화를 신으라는 거 있지.

약을 받으러 병원에 갔다가
나는 오히려 병을 키워온 것만 같아.
구두보단 운동화를 즐겨 신어서
걷는 걸 좋아하는 사람이라서 다행이라던 말,
나는 오늘 애써 잊었던 그 말을 다시금 떠올려버렸어.

참 신기해.
나는 이제
운동화보단 구두가 더 잘 어울리는 나이가 되었는데도
그때 네가 내게 했던 말들이 정말 생생하게도 기억나.

연락처 목록에 있는 네 번호는 여전히 그대로인데
나는 선뜻 전화할 용기를 내지는 못했어.
그건 아마 나도 느끼지 못하는 사이에 내가 많이 변했듯이

너도 내가 기억하는 너와는 꽤나 달라진 사람일까 하는 두려움 때문일지도 모르지.

있잖아. 나는 아직도 너와의 사랑에서 완전히 벗어나지는 못했나 봐.
아마도 이건 좀 더 꾸준한 노력이 필요한 일인 것 같아.
그래서 말인데 나는 꼭 묻고 싶어.
물론 아무런 대답이 없을 너지만 말이야.

너와의 이별은 나에겐 병과도 같은 걸까?
꾸준한 치료와 관리가 필요한 병.
만약 그렇다면 나는 꾸준히 너를 지워야만 하겠지.
그게 참 슬프다.

언젠가 우연히 마주친다면
모른 척 그냥 지나치지는 말자 우리.
아프지 말고 건강해.

다시 생각해도 그건 정말 잘한 일

너를 처음 본 순간에 나는 참 많이 망설였다.
놓치기는 싫었지만 상처받을까
두려운 마음도 컸기 때문이다.

주말 저녁, 술 한잔을 삼키며 그날의 우리를 떠올려본다.
너에게 '옆에 자리 있어요?' 라고 물었던 그 순간이
내게는 인생에서 가장 잘한 일 중 하나다.

멀리서 걸어오는 너를 보고 있으면
스스로에게 약속을 하게 된다.

많은 것을 잃어도 저 사람만은 지켜줄 수 있는 사람이 되자고
겉모습이 늙어도 그녀를 향한 마음만은 늙지 말자고
스스로에게 건넨 조금은 터무니없어 보이는 약속이
이토록 내게 큰 힘이 될 줄은 몰랐다.

다시 생각해봐도 그건 정말 잘한 일이다.

가장 가까운 사이

언젠가 그의 집에 놀러 갔을 때의 일이다. 함께 저녁을 만들어 먹고는 평소 좋아하는 분위기의 영화 한 편을 틀어놓고 소파에 몸을 맡기고 있었다. 그때 양치를 끝내고 나오는 그가 내게 물었다.

"이 칫솔 혹시 방금 당신이 썼어?"

우리는 연인답게 서로의 집에도 각자의 칫솔이 늘 그 자리에 꽂혀 있었다. 문제는 그의 집에 있는 우리의 칫솔들은 서로 똑같은 색이라는 것이다. 나는 아차 싶은 마음에 나도 모르게 미안하다는 말부터 했다. 그러자 그가 웃으며 말했다.

"드디어 우리가 세상에서 가장 가까운 사이가 되었군."

나는 조금 황당한 표정으로 그 로맨틱한 논리에 대해서 꼬집었다. 생각해보라고, 그건 둘 사이의 심리적인 문제가 아니라 위생의 문제가 아니냐고. 그러자 그가 무언가 결심한 듯한 표정으로 다시 입을 열었다.

세상에서 가장 가까운 사이라는 건
같은 칫솔을 써도 기분이 별로 나쁘지 않는 사이라고
그건 분명 둘 사이에 있는 위생의 문제라고
그러니 정말로 가까운 사이 아니겠느냐고
좋은 것뿐 아니라 나쁜 것도 나눌 수 있는 게
정말로 가까운 사이라고.

입을 맞출 때도
사랑을 할 때도
마음을 힘들게 하는 것들이 있다면
우리는 서로 조금씩 그 무게를 나누자고.

그의 입에서 흘러나온 말들이 너무 고마워서
나 또한 꼭 그래야겠다고 다짐했다.

사랑은 수도꼭지를 틀면 쏟아지는 그런 것은 아니다

사랑은 수도꼭지를 틀면 쏟아지는 그런 것은 아니다.

나에게 그것은 마치 마른 사막에서 우물을 파는 것과 같았다. 나는 정말 간절했다. 간혹 헛것을 보기도 했으며 다 포기해버리기도 했었다. 어쩌면 사랑이란 건 그렇게 흔하게 마주칠 수 있는 게 아니라서 더 달콤한 것인지도 모른다.

만약 그것이 수도꼭지를 살짝 열어두는 정도의 노력만으로 콸콸 쏟아져 나올 것이었다면 나는 구태여 이 메마른 곳으로 발걸음을 옮기지는 않았을 것이다. 나는 한때 그것이 오아시스처럼 갑자기 마주치게 되는 것인 줄 알았다. 별다른 목적 없이 걷다 보면 자연스럽게 만나게 될 줄로만 알았다. 몇 번의 모래폭풍이 지나고 낮의 열기보다 더 두려운 새벽의 차디찬 바람을 견디고 보니 어느새 나는 우물을 파고 있었다.

이제는 내 손으로 직접 찾으려 한다. 지금보다는 꼭 나아질 거라 믿는다. 푸석한 입술을 애써 적셔가면서 나는 스스로에게 속삭이고 또 속삭었다. 사랑. 끝내 너를 마주쳤을 때 이 모든 애잔한 감정들이 웃으며 이야기할 수 있는 추억거리 정도가 되기를 바란다.

창

깨끗한 창에는 비구름마저 맑게 비쳤다.
덕분에 나는
비 냄새가 공기를 그렇게 한참 동안 갉아먹어갈 때에도
오늘 하루가 참 맑은 줄로만 알았다.

별다른 생각 없이 창밖을 보다가
그녀의 눈에 비친 내 모습이
왜 그리도 눈부시게 빛났던 것인지 이해가 간다.

내가 그토록 활짝 웃을 수 있었던 건
그때 그 사람이 나를 보고 있었기 때문이었다.
그녀를 통해서 나는 행복한 사람이 될 수 있었다.

너와 함께라면
너에게 기대

비가 쏟아진다.

창밖의 풍경이 뿌옇게 흐려지다 이내 보이지 않는다.

이제 더 이상 내 곁에는 그녀처럼 맑은 창이 없어서

나는 나를 조금 더 열심히 쓰다듬어주기로 했다.

언젠가 만나게 될 어떤 이를 위해서

이제는 내가 맑은 창이 되어보기로 했다.

햇살도 바람도 공기도 그렇게

변하지 않는 것은 없다.
오늘 오후 창가에 기대어 있던 햇살도
그 아래 흩날리던 바람도 그렇다.

시간은 단 한 번도 머무른 적이 없기에
그 속의 우리도 어떻게든 나이를 먹는다.

예외는 없고 다만

잊히지 않는 누군가가 있을 뿐이다.
결코 잊을 수 없는 순간의 그리움이 있을 뿐이다.

사랑은 무리수

그를 좋아한단 걸 깨달은 순간에
내 속의 작은 사람들이 말했다.

"무리수 두지 마. 그는 너를 좋아하지 않을지도 모르잖아."

나는 망설였다. 그래, 만약 그가 나를 좋아하지 않으면 어쩌지?
덜컥 겁부터 났다.

그를 떠올리고 있으면 내 마음에는 파도가 일렁였다.
그럴 때면 내 속의 작은 사람들은
내가 걱정이 된다며
나와 그 사이에 바다처럼 깊은 벽을 심어놓았다.

그 때문에 그저 멀리서 지켜보는 것이 전부였다.
정말 그를 좋아한다는 사실은 내 삶에 무리수를 둔 듯
위험한 행동일까?
나는 이불 속에 얼굴을 숨겼다.

그때였다.
내 속의 작은 사람들 중 한 명이
쭈뼛쭈뼛 용기를 내서 입을 열었다.

저기, 근데 말이야. 네가 누군가를 좋아하는 건 전적으로 너의 일인데 굳이 상대방의 의사를 고민할 필요는 없지 않을까? 아, 그리고 언젠가 생각했던 무리수 말인데, 그건 나쁜 것은 아니야. 무리수는 그저 뭐라 단번에 정의할 수 없는 것이야. 그건 뒷일을 누구도 알 수 없는 무한한 가능성 같은 거야.

그러니까 그를 좋아하게 된 건 네 삶의 최악이 선택이 아니라 어쩌면 유일한 가능성일지도 몰라.

자다가 벌떡 일어나 급하게 물 한 모금을 마신다.
그래, 내 짝사랑의 무리수는 언제나 열려 있어.
앞으로 그와 나 사이에 일어날 수많은 사건들처럼.

때때로 우리는 자신도 모르게

아 하고 입을 크게 벌린다.

한 번도 이가 썩어서 치과를 찾은 적은 없어서인지 그녀는 조
금 긴장한 모습이다.

"치아는 건강해요."

의사선생님의 짧고 명료한 한마디에

그녀는 꼭 감았던 눈을 뜬다.

"오른쪽 아래 어금니가 아파요."

잠시 정적이 흐른 뒤 누워 있던 의자가 제자리로 돌아왔다.

의사선생님이 하얀 마스크를 풀며 그녀를 보고 웃는다.

"아가씨, 사랑니가 자라고 있어요. 아마 다 자라나려면 시간
이 좀 더 걸릴 것 같네요."

꽃집에 후레지아가
있다는 건,
봄이 오는 중이거나
이미 왔다는 이야기

어안이 벙벙한 표정으로 거울을 향해 입을
아 하고 크게 벌려본다.
그녀에게 사랑니라는 건 이미 오래전에 없다고
믿어버린 것이었는데
이제와 사랑니라니. 정말 주책이다.

치과를 나서면서 그녀는 오랜만에
휴대폰 목록에 저장된 그의 이름을 검색해본다.
'사랑니'라는 말을 들었을 때
뜬금없이 왜 그가 생각났을까?

둘은 그저 친구임이 분명했는데 말이다.
통화 버튼을 꾹 부른다.
그를 향하는 통화 연결음만으로
그녀는 그만 심장이 두근거리고야 말았다.

서른을 앞둔 사랑니는 그렇게 자신도 모르게
슬금슬금 자라고 있었다.

단벌신사

이제 당신이 없는 나를 떠올리면
벌거숭이가 된 채로 거리를 걷는 기분이 든다.
때문에 나는 오늘도 당신 생각을 입고 하루를 연다.
내가 어디에 있든 무엇을 하든 더 이상 나는 혼자가 아니다.

오늘은 비가 내렸다.
미처 피하지 못해 그대로 비를 맞을 수밖에는 없었다.
'나는 단벌신사인데…….' 조금 걱정이 되기도 했지만 뭐 사
실 그리 큰일인 것도 아니다.

옷이 젖은 것쯤 무른 대수랴.
이게 네 눈물도 아닌데
너를 지키기 위해서라면 나는 벌거숭이가 되어도 좋다.

궁금한 것들이 많아

후회하기 위해서 사는 사람은 없는데
왜 모두들 후회를 하는 걸까?
이별을 위해 만남을 가지는 사람은 없는데
왜 사람들은 이별을 하는 걸까?
너무 웃어서 흘리는 눈물과
너무 슬퍼서 흘리는 눈물의 차이는 무엇일까?

우리는 우주선을 타고 저 멀리 달에 착륙한 경험은 있지만
흔들리는 지하철 속,
불과 한 뼘 거리에 앉은 사람의 마음속으로
들어가는 방법은 모른다.

가까이에 있는 것일수록 더 어렵다.
어쩌면 세상의 이치는 가장 가까운 곳에 있는
것인지도 모른다.
우리가 입술을 마주칠 때 느끼는 감정이야말로
모든 문제를 해결할 근원은 아닐까?

지금의 우주를 만든 것은
뜨거운 사랑의 폭발이 아니었을까?
밤하늘의 별이 그토록 빛나고 있는 것은
지구를 향한 그들만의 구애는 아닐까?

그래, 사랑이야말로
시간과 공간을 초월할 유일한 단서다.

3부

오늘도 부디
좋은 하루

괜찮아

누구나 시작은 울음과 함께였을 것이다. "엄마 저 태어났어요!"라며 당당하게 세상에 첫발을 내딛는 것이 아니라면 말이다. 할 수 있는 한 최대한의 크기로 우는 것이 그 순간 엄마와 아이 사이에 존재하는 유일한 언어다. 그것은 아름답다는 말로 설명하기에는 조금 부족한 어떤 것인데 때때로 긴 설명보다 뚝 떨어지는 눈물 한 방울이 그간의 이야기들을 더 자세하게 말해주기도 하는 것처럼 울음을 터뜨린다는 것은 내 속에 너무도 벅찬 무엇이 있다는 말이기도 하다.

견디기 힘든 일들 앞에서 울먹이던 기억과 길을 걷다가 이유 없이 쏟아진 그 눈물과 돌아서는 누군가를 바라보며 그의 몫까지 함께 뱉어야만 했던 서러움 같은 것들, 나는 그것이 헛되이 지나가는 이유 없는 스침은 아니라고 믿는다. 살아 있는 모든 것에 떨림이 있고 울음은 그 떨림이 멈추지 않게 하는 여러 가지 응원 중에 하나다.

우리가 멈추려고 할 때마다 눈물은 마음
을 두드린다. "차라리 펑펑 울어보지 그
러냐." 하고 나에게 기대어 쉴 수 있는 그
늘이 되어준다.

우리는 모두 울어도 괜찮다.

괜찮아, 그럴 수 있어

우리는 모두
어디를 향해 가고 있을까?

다가오는 새해의 설렘보다 저물어가는 올해의 마지막 날이 아쉬운 나이가 되었다. 나이를 먹는 일이 그저 즐겁기만 한 일은 아니란 생각에 그저 담담하게 1월 1일의 종소리를 맞이하고야 말았다.

종소리와 함께 흰 눈이 아주 잠깐 내렸는데 내 손등에 내려앉아 그것은 아무런 말도 없이 녹아갔다. 지나간 해와 새로운 한 해의 사이는 아주 고요했다. 1초의 차이로 무언가 변한 듯했지만 한편으로 변한 것을 찾으려 해도 그것이 무엇인지 나는 알 수 없었다.

요즘은 밤에 잠이 잘 오지 않는다. 새집증후군처럼 새로운 나이가 아직은 낯설어서인지 지나간 나이를 이야기하는 일이 잦다. 뜬눈으로 새벽을 밝히다 뜬금없이 시간의 공식이 머릿속으로 그려진다.

시간의 속력 = 나이. 그것은 점점 속력을 얻어서 결국에 어느 정점에 도달하는 순간 우리는 시간의 일들과 관계없는 존재가 되어 버린다.

행복이든 불행이든 맞이해야 한다면 그것은 각자가 마음먹기 나름이겠지만서도 점점 더 빨리 흘러가는 시곗바늘이 야속할 때가 많다. 작년 새해 다짐 중 몇 가지는 또 다시 올해의 다짐이 되었다. 그것이 또 반복될 것 같은 예감이 강하게 든다. 우리는 이 야속한 시간의 축을 끼고서 도대체 어디를 향해 가고 있는 것일까.

나는 가끔 허무해질 때가 있다. 그 가끔이 때때로가 되고 어느새 매일매일이 되지는 않을까 두려워지기도 한다. 나의 새로운 시대는 그렇게 어느 새벽녘에 쓸쓸한 길모퉁이를 아주 심각한 표정으로 걸어가고 있다.

발걸음이 급하다.

아가미

마음에도 아가미가 있었으면 좋겠다.
가슴 답답할 때 숨통이 좀 트이도록 말이다.
바다 깊은 곳에 요상하게 생긴 그 물고기들은
사실은 한때 인간이 아니었을까?
인간에게 멸종이 찾아온다면

그것은 고통이라기보다는 고독 때문일 거다.

오래 달리기

달리는 것을 좋아한다. 특히 숨을 들이마신 뒤에 후 하고 뱉으며 발을 차고 앞으로 나가는 순간의 공기를 좋아한다. 체력을 한계까지 몰아 부친 뒤에 차오르는 숨을 고르며 다시 원점으로 돌아가는 느낌, 뭐랄까 나를 조여오는 답답함으로부터 멀리 도망갈 수 있을 것 같은 기분이다. 그런 탓에 속상한 일이 있거나 기분이 우울한 날이면 늘 달리는 버릇이 생겼다. 오늘이 딱 그랬다. 운동장을 뛰고 또 뛰었다. 운동장의 가로등이 꺼질 시간이 되어서야 나는 멈출 수 있었다. 그만큼 오늘의 우울함으로부터 더 멀리 벗어나고 싶다는 뜻이기도 하다.

땀을 쏟아내고 청량음료를 머금으며 집으로 돌아오는 길에 길 고양이 한 마리가 다리를 절며 거리를 가로지르고 있다. 어두운 골목 모퉁이로 간신히 몸을 옮긴 고양이는 이내 지쳤는지 가만히 몸을 웅크리고 앉았다. 벤치에 앉아 고양이의 움직임을 관찰하다가 문득 내 신발 밑창이 눈에 들어온다. 한쪽이 다른 쪽보다 심하게 닳아 있다. 아마도 나는 균형을 잘 유지하고 달리는 편은 아닌가 보다.

시간이 지나면 이 신발은 한쪽이 먼저 뜯어지게 될 것이다. 짝이 맞지 않는 신발은 존재의 의미를 잃어버리고 말겠지. 세상의 모든 관계들이 다 그런 게 아닐까? 둘 중 하나라도 심하게 망가져버리면 둘 다 못쓰게 되는 꼴이다. 그건 늘 어렵다. 그래서 오늘도 나는 이렇게 열심히 달렸나 보다. 그 답답함으로부터 혹시라도 멀어질 수 있진 않을까 해서.

성장통

어떤 아픔은 시간이 지나면 그리움이 된다고 한다. 사람들은 그것을 '성장통'이라고 부른다. 따끔따끔 뒤꿈치의 쓰라림, 몇 번의 아픔과 함께 우리는 어른이 된다고 믿는다.

허나 몸이 다 컸다고 해서 마음도 저절로 어른이 되는 것은 아닌가 보다. 가끔 북받쳐 오르는 감정이 오갈 곳 없이 꽤나 먼 기억을 방황할 때가 있는데 그때마다 몸은 눈물을 닦으며 말한다.

'이젠 더 이상 눈물로 해결되는 것은 없어.'

다 자란 어른의 몸이 눈물을 뚝 그친다.
성장통, 어른이 되는 것으로만 알았지 몸과 마음이 서로 멀어지는 것인 줄은 몰랐다. 어른이란 원래 그런 건가 보다. 어딘가 모르게 자꾸만 아프다.

자,
네가 살아갈
세상이야

마지막 한 방울까지
아낌없이

인생은 보약이라고
몸에 좋은 것이라고
그러니 얼른 한 번에 꿀꺽 삼켜야 한다고
잊지 말고 제때 챙겨야만 한다고
그러나 왜 이렇게 쓰냐고
자꾸만 구역질이 난다고
내 몸엔 맞지 않는 것 같다고
오늘도 이마가 뜨거워진다고
달콤한 사탕 하나쯤은 없는 거냐고
마지막 한 방울까지 다 삼키기엔
너무 쓰디쓴 보약이라고.

계란 프라이와 삶의 척도

"계란 프라이의 완성도는 무엇이 결정하는지 알아? 그건 온
전히 노른자의 몫이야. 왜 하필이면 노른자냐고 묻는다면 그
답은 생각보다 간단해. 바로 노른자가 가장 중간에 있기 때문
이지. 대부분의 시선은 노른자에서부터 주변으로 흩어지는
순서일 거야. 그건 우리가 지금껏 살아온 삶의 단면들이기도
해. 세상의 모든 것에는 중심이란 것이 있어. 인간에게도 계
란 프라이에게도 마찬가지지."

탱탱한 반숙의 노른자를 나는 톡! 하고 터뜨렸다.
이내 노른자가 흰자위를 헤엄친다.

"계란 프라이를 만들 때 사람들은 각자의 기호에 맞게 노른자의 익힘 정도를 결정해. 그러나 그 과정에서 누구도 감히 완숙이 옳다 반숙이 옳다 주장할 근거는 없어. 나는 그것이 삶을 바라보는 우리의 태도와도 같다고 봐. 각자의 사람들이 먹는 계란 프라이에 대해서 우리는 느낌을 표현할 수는 있지만 강요는 할 수 없어. 그건 결국 네가 먹을 게 아니잖아. 사실은 지극히 개인적인 취향의 문제일 뿐이야. 그러니 굳이 남들의 눈을 의식할 필요도 없어. 너의 계란 프라이는 어차피 네가 먹을 거잖아."

선

무언가를 가지는 일은
선을 긋는 일이다.
그것은 선 안의 것을 지키는 일이며
선 밖의 것을 버리는 일이다.

스스로를 안아본 적도 없으면서
남을 책임지려 하는 일만큼 안쓰러운 일도 없다.

찬바람 앞에서 팔짱을 끼듯 자연스레 내 몸을 안고서
저벅저벅 살얼음 같은 고독 위를 걷는 밤,
오늘따라 감정선의 골이 깊다.

모든 것을 가지려 하는 일은 선을 넘어버리는 일이다.
이쯤 되면 우리에게 손이 두 개 밖에 없는 이유를
알 것 같기도 하다.
가질 수 없다면 차라리 "미안해, 잘 지내." 하고
머리 위로 크게 손을 흔들어줄 용기가 있었으면 좋겠다.

소유하지 않고서 지키는 법을 알고 싶다.
아마 그것이 어른이 되는 법일 것이다.

칼

종이에 손가락을 아주 살짝 베여도

하루 종일 신경이 쓰이는데

하물며 혀가 마음을 찌르는 일은 얼마나 서글픈 일인가.

조금 더 짙은

앞이 시끄러운 사람이 아니라 뒤에서 풍기는 분위기가 짙은 사람들이 좋다. 구태여 알리려고 하지 않아도 말 한마디 한마디에 전해지는 그 모습을 보고 있노라면 친숙하다기보다는 조금은 덜 외롭다는 느낌이 든다.

정적이 흐를 때 불편하지 않다면 우리는 분명 친구가 될 가능성이 있다. 어디까지나 가능성, 한걸음 더 다가가고픈 마음이 들 때 느껴지는 공기의 달콤함이란 인간이 왜 혼자서는 살아갈 수 없는지에 대한 충분한 설명이 된다.

나는 오늘의 만남에 조금은 더 깊고 짙은 마음을 새겨본다.

우리가 친구가 되는 동안에
그 누구도 희미하게 번지지 않도록.

이해라는 옷

이해라는 옷을 입고 우아하게 한걸음 내딛는 거리에는 모두
가 화려하지만 아무런 표정도 없었다. 입은 웃고 있지만 웃
음소리는 들리지 않았고 눈은 울고 있지만 그 어디에도 눈물
은 없었다.

입술은 이해한다고 말하고 있지만 도대체 그들이 무엇을 이
해했다는 것인지 의아할 때가 많다. 진심이 아니라면 그들의
말은 한낱 가시에 지나지 않는다. 억지로 안으려 하면 할수록
상대는 더 많은 피를 흘린다. 그 말은 함부로 꺼낼 수 있는 말
이 아니란 걸 언제쯤이면 모두가 깨닫게 될까.

나는 몸을 작게 말았다. 그러고는 얼른 이 이해라는 옷의 유
행이 지나가버렸으면 좋겠다고 바랐다.

그때 나는 왜

생각이 많아질 때면 매번 느끼는 거지만 참 그때는 무슨 생각으로 그런 말과 그런 행동들을 했는지 모르겠다. 더 나이가 들면 나는 또 오늘의 나를 이해하지 못하는 순간이 올까, 하는 의구심도 든다. 날씨가 따뜻해지니 뼛속을 비집고 스며들던 겨울의 찬바람이 어떤 느낌인지 잘 떠오르질 않는다. 고작 한 달 전의 날씨가 왜 그렇게 추웠는지도 나는 이해하지 못한다.

그때 내리던 눈은 누군가에게는 첫눈의 설레는 사랑이었고 또 누군가에겐 지독한 폭설의 서글픔 같은 것이었겠지. 당시의 느낌이야 어쩔 수 없다지만 분명 그리워할 수 있는 시간들이 있다는 것은 좋은 일이야. 그 시간들로 인해 오늘 나는 세수를 하다가 갑자기 차오르는 억울함을 견뎌내야 했지만 말이야.

실패한 삶 속에서 살고 싶다

만약에 성공한 삶이
진실을 애써 외면해야만
잡을 수 있는 것이라면

나는 영원히 실패한 삶 속에서 살고 싶다.

그러면 결국에 내 인생,

실패했지만 결코 패배하지는 않은 것이다.

행복해지려고 애써 불행해지기

때로는 다 내려두고서 저 멀리 어딘가로 도망치듯 떠나가고 싶을 때가 있다. 답답한 실내에 앉아 창밖을 내다보고 있으면 새들은 무슨 이유에서 저리도 자유롭게 하늘을 날아다닐 수 있나 하는 부러움이 들기도 한다. 가끔씩 내가 불행하다고 느끼는 이유는 내가 너무 욕심이 많아서 그런 것일까 봐서 누구를 탓하기에도 조금 민망한 기분이 든다.

조그마한 것에도 만족할 수 있다면 쉽게 행복해질 수 있다고 하는데 그게 말처럼 쉬운 일은 아니라서 문제다. 어쩌면 우리는 더 행복해지려고 쉽게 행복해질 수 있는 기회를 스스로 저버리고 있는 것인지도 모른다.

내가 가장 행복했던 순간에 나는 지금보다 조금 더 가난했고 또 지금보다 조금 더 불확실한 상황 속에 있었다. 그때에 비하면 현실의 상황은 분명 나아졌는데 나는 더 행복해지지는 못했다. 행복의 기회란 것은 현실의 상황과 매번 비례하지만은 않는 것 같다. 거울을 보고 "나는 행복해." 하고 몇 번 소리 내어 말해보니 행복했던 순간들이 떠오르지만 그곳에 지금 이 순간은 포함되어 있지 않다.

지금껏 행복의 기준에 대해선 생각해봤지만 그것을 누가 만들었는지에 대해서는 생각해본 기억이 없다. 모르긴 몰라도 내가 만든 것은 아닌 것 같다. 적어도 내 행복의 기준은 내가 아닌 다른 누군가가 만들어놓았다.

나는 사전을 펼쳐 행복에 대해서 찾아본다. '행복'을 찾기 전에 '불안'이라는 단어가 먼저 등장했다. 마음에 들지 않는다. 나는 또 굳이 사전을 앞에서부터 찾고 있다. 누군가가 만들어 놓은 기준에서 바보 같은 반복을 하고 있을 뿐이었다. 나는 이제 그러한 것들로부터 한걸음 물러나 나 스스로를 더 믿어보기로 한다.

나는 언제 어디서든 감히 행복해질 수 있다.
나만의 기준만 있다면 말이다.
나는 행복보다 먼저 행복의 기준을 만들어보기로 했다.

있을 때 잘한 걸 그랬어요

자동차를 사기 위해 열심히 살았던 시간보다
먼저 당신을 향해 뛰었더라면
나는 늦지 않았을지도 몰라요.

근사한 저녁 식사를 사드리기 위해 열심히 살았던 시간보다
먼저 당신을 향해 뛰었더라면
직접 밥 한 숟갈을 떠먹여드릴 수 있었을지도 몰라요.

좋은 집을 마련하기 위해 참 열심히 살았던 시간보다
먼저 당신을 향해 뛰었더라면
나는 당신과 조금은 차가운 방일지라도
서로를 꼭 안고 달콤한 꿈을 꿀 수 있었을지도 몰라요.

있을 때 잘할 걸 그랬어요.
엄마, 미리 말해주지 그랬어요.
있을 때 잘해야 후회가 없다며 우리 예쁜 내 새끼, 하고
머리를 콕 쥐어박아주지 그랬어요.

우도에서

조금은 알 것도 같아

옛날에는 몰랐는데 말이야.
조금 자라고 보니까
바다라고 슬픔을 모르는 게 아니더라고.

그러니까 빗물이 땅만 적시는 것이 아니라
바다도 사실은 젖어가고 있었던 거야.

크고 깊은 사람이라서 언제나 풍덩 안기기만 했었는데
알고 보니 바다 같은 그 사람도 양 볼이 눈물로 촉촉해지는
나처럼 겁 많은 그냥 평범한 사람이더란 말이야.

매번 소리도 없이 몰래 우는 사람,
으이구 바다 같은 사람아.

방학이면 늘
그곳에 있던 그녀

초등학교 방학식 날, 오랜만에 교실에는 들뜬 아이들의 웃음
이 가득합니다.
덩달아 기분이 좋아진 선생님이 물었습니다.

"여러분 방학에는 다들 어떤 것을 할 계획이에요?"

그런데 이게 웬일인지요. 선생님의 질문에 아이들은 그만 한
숨을 내쉬고야 말았습니다. 방학에는 학기 중에는 하지 못했
던 과외나 학원 수업이 더 많아지기 때문이었죠. 선생님은 그
런 아이들의 표정을 보며 할 말을 잃었습니다. 방학을 잃은
아이들에게 괜스레 미안한 기분이 들기도 했죠. 그렇게 올해
마지막 수업의 끝을 알리는 종소리가 울렸고 교실은 이내 텅
비었습니다. 빈 교실에 앉아 선생님은 자신의 어린 시절을 떠
올렸습니다.

그는 방학이면 언제나 외딴섬 같은 시골에서 시간을 보내곤
했는데 그곳엔 늘 그가 오기를 손꼽아 기다리던 한 여성이 있
었습니다. 주름지고 허리가 굽은 엄마의 엄마, 그녀와 함께
시간을 보내는 것이 그가 가진 유일한 방학 계획이었습니다.
참 따분했었죠. 텔레비전 채널은 고작 세 개였고 구멍가게에
갈 심산이면 적어도 한 시간은 걸어야만 했으니까요.

친구라곤 똑같이 그곳으로 오는 한 살 위 사촌 형이 전부였
습니다.
둘은 강아지 한 마리를 데리고서 시골 곳곳을 돌아다니며 장
난을 치고는 했었죠. 신기한 건 그 동네엔 아이들이 없다는
것이었습니다. 아마 그곳의 모두가 누군가의 엄마의 엄마, 혹
은 아빠의 아빠가 아니었을까요? 외딴섬과 같은 마을은 아
이들이 왔다는 소식만으로 방학이면 늘 기운이 넘쳤습니다.

하루는 참깨 농사를 짓던 엄마의 엄마가 일을 도와달라며 특
별히 밥이 아닌 라면을 끓여줬는데 우리 엄마의 엄마는 그게
짜장 라면인 것도 모르고 정체를 알 수 없는 검은 국물의 요
리를 내어놓기도 했었죠.

시간이 흘러 두 아이들은 방학이라는 것이 없는 나이가 되었습니다. 엄마의 엄마는 아이들의 방학이 사라지고 나서야 편히 눈을 감았어요. 그래요. 이제 더 이상 그곳에 그녀는 없어요. 빈 교실에서 그는 눈을 감고 그 시절을 떠올려봐요. 그의 삶에서 가장 평화로웠던 기억으로 잠시나마 산책을 하는 거겠죠. 그 시절엔 그렇게 따분한 방학이 이토록 특별한 기억이 될지 전혀 몰랐어요.

그는 생각합니다.

우리 반 아이들에게도
잠시나마 그리워할 수 있는 아름다운 순간들이
있었으면 좋겠다, 라고요
그리고 그것이 올해의 방학이라면
정말로 좋겠다, 라고 말이에요.

진짜 엄마, 가짜 엄마

초등학교 때였다. 새 신발을 신고 싶어서 나는 헌 신발을 일부러 뜯었다. 엄마가 모를 줄 알았지만 그건 나의 헛된 착각이었다. 단번에 눈치를 챈 엄마는 나를 마구 꾸짖었다. 덕분에 나는 일주일 동안 내가 찢은 운동화를 신고 다녀야 했다. 혹시나 누가 놀릴까 봐서 내 신발을 신발장 구석에 몰래 숨겨놓고는 했었다.

그 일주일 동안 나는 생각했다.
'엄마는 진짜 우리 엄마는 아니야. 어딘가 분명히 새 신발을 사줄 진짜 엄마가 있을 거야.'
일주일 뒤에 우리 가짜 엄마가 비싼 신발을 사줬다. 나는 엄마가 진짜가 아니란 걸 내가 알아차릴까 겁이 나서 그런 거라고 생각했다.

새 신발로 한동안 들떴던 내 발걸음이 조금씩 무뎌져갈 때쯤 우연히 내 운동화 옆에 아주 오래된 운동화를 봤다. 그건 엄마의 신발이었다. 나는 어린 마음에 엄마가 새 신발을 사고 싶어서 일부러 그렇게 만든 거라고 생각했다.

세상의 모든 아버지에게

차갑고 투박하게 생긴 당신의 손을 잡아보는 일이 내겐 무엇이 그리 어려운 일이었는지 몰라. 마지막으로 당신의 손을 잡았던 기억이 도무지 떠오르지가 않아. 그만큼이나 오래된 일인 거야?

오늘은 일을 마치고 지하철에서 술 냄새 사람 냄새와 섞여 돌아오는 길에 문득 창가에 비친 당신의 모습이 떠올라서 그만 눈시울이 붉어졌어. 왜 당신에게만은 해야 하는 말들을 자꾸만 미루게 되는 건지 그런 내가 여전히 밉고 속상해.

있잖아. 방금 생각이 났어. 내 대학 졸업식 날, 오래간만에 말끔하게 차려 입고 온 당신의 옆에서 당신 손을 잡고 아무것도 몰라도 되는 어린아이처럼 웃을 수 있었던 그 시간, 그건 내겐 정말로 다시 오지 않을 영광의 순간이었어.

당신의 그 새파랗고 거친 손을 잡아보는 일이 내 삶의 가장 영광스러운 순간이었던 거야. 그러니 어깨를 좀 펴봐. 늘 당신이 내게 하는 말이잖아. 언젠가 나도 당신만큼 좋은 아버지가 될 수 있을지는 모르겠지만 살아가면서 더욱 당신이 그리워질 것 같아.

세월의 무게가 당신과 나 사이를 꽤나 멀리 떨어뜨려놓는 날, 분명 그런 날이 찾아오겠지만 나는 두렵지 않아. 당신과 함께 손을 잡았던 그 영광스런 순간들로 늘 당신을 만나러 갈 테니까. 나는 지켜보려 해. 당신과 내가 나눴던 무언의 약속들을 말이야. 언제나 당신이 내게 그랬던 것처럼.

누나, 우리 누나

나는 어렸을 적엔 조금 내성적이고 왜소했던 탓에 늘 자신감이 없었다. 때문에 낯선 사람을 만나게 되면 우리 누나 뒤로 숨고는 했었는데 특히나 무서운 영화나 이야기를 듣고 난 밤이면 도무지 혼자 잠을 청할 수가 없어서 굳게 닫힌 누나 방문을 두드리곤 했다.

내 피 같은 용돈 500원을 요금으로 내면 나는 누나 옆에서 잘 수 있었다. 지금 창밖으로 부는 바람처럼 쉬쉬 하고 이따금씩 어딘가 뒤숭숭한 소리가 나는 날이면 나는 늘 외쳤다. 누나! 누나!

퉁명스럽고 신경질적이지만 늘 부탁한 건 다 들어주는 누나가 좋았다. 우리는 등교도 하교도 늘 같이 했는데 학교로 향하는 길에 보이는 마당이 참 넓은 집 앞에서 이다음에 크면 우리는 엄마 아빠와 꼭 이 집에서 살자고, 꼭 이 집을 사자고 서로에게 약속을 하기도 했다.

또래 친구들 중에서 달리기도 가장 빨랐던 우리 누나는 예쁘장한 외모와 똘똘한 성격 덕분에 늘 칭찬과 관심의 대상이었다. 나는 그런 그녀를 동경했다. 나이가 들어서 그녀를 향한 주변의 관심은 조금 줄어들었을지도 모르겠다. 어쩌면 반복되는 일상과 무기력한 하루들로 그녀도 이제는 오늘처럼 어두운 밤하늘이 두려울지도 모른다.

이십대와 서른의 경계에서, 그러니까 스물아홉, 환절기 같은 나이 속에서 꽤나 가파른 오르막을 오르고 있을 그녀에게 박수를 보내고 싶다. 늘 그래왔듯이 묵묵히 바라봐주고 환호해주고 싶다. 당신을 동경한 사람이 있었다고 그가 여전히 당신의 삶을 바라보고 있다고 소리 내어 응원해주고 싶다.

마침 오늘 밤에는 매섭게 바람이 불고 있다.
나지막이 불러보는 나의 누나, 우리 누나.

언제나 담장 너머엔
내가 찾는 것은 없었다

내가 우물 안 개구리였을 때

나는 포기할 줄을 몰랐다.

꿈이 있었기 때문이다.

담장 너머의 소리를 들으며

물가에 비친 달 위를 헤엄칠 적에

올챙이가 이제 겨우 개구리가 되었을 뿐이었는데

그저 얼른 이 경계 너머 세상으로 뛰어들고 싶었다.

담장을 벗어난 지금,

나는 여전히 개구리다.

그 다음은 없었다.

나는 스스로가 너무도 작다는 걸 알아서

내 꿈이 무엇인지

왜 그것을 쫓았는지 잊어버렸다.

다만 내가 깨달은 것은

이제 더 이상 나를 지켜줄 공간은 없다는 것.

나는 눈을 감고 담을 쌓았다.

일단은 얼른 벽을 올리고 나를 지켜야만 했다.

나는 다시 우물 안 개구리가 되었다.

담장 너머엔 내가 찾는 것은 없었다.

나무는 외롭지 않을까

나무는 외롭지 않을까.
우리에게 1년이 나무에겐 겨우 하루의 시간일 텐데
주위의 것들이 너무 빠르게 변해가지는 않을까.

매년 마주치는 태풍과 폭설 앞에서도
도망도 가지 않은 채로 말도 없이 서 있는 모습이
미련해 보이다가도 부럽다.

나무는 무엇을 기다리는 걸까.
그의 그늘에 쉬었다 가곤 했던
많은 것들을 기다리는 걸까.

시간 앞에서 우두커니
외로움 앞에서 묵묵히
그렇게 틈날 때마다 주름을 새겨가며
나무는 무엇을 기다리는 걸까.

나도 나무가 되고 싶다.
기다려보고 싶다.
미처 안아주지 못하고 흘러가버린
나를 스치고 지나간 그 많은 것들.

무중력한 하루

침묵이 그리운 때가 있다.
사람들의 말이 모두 나와는 관계없는
소음처럼 들릴 때가 있다.
귀를 닫는 연습을 할 때가 있고
그것이 실전에 유용할 때가 많다.
기다리는 말은 끝내 듣지 못할 때가 있고
이 말만은 말아야지 했던 생각은 가슴에서 머리를 향하다
그만 입으로 튀어나올 때가 있다.

자정이 다 되어가는 시간에 흘러간 하루 쪽으로
빼꼼 고개를 내밀어본다.
오는 것은 없고 보내는 것만이 있는 앙상한 기차역에서
나는 진정 오지 않을 나를 기다려본다.
차표도 한 장 없이.

생각은 많은데 나의 현실과 언어에는

마땅한 표현도 공간도 없다.

벗어나려 애쓰는 발길질엔 하물며 바람조차 없는 하루.

무게가 있는 세상이 그립다.

사람과 사람 사이

서로를 끌어당기던 중력이 그립다.

4부

다정한

안부를　묻는다

당신은 꼭 그래야만 합니다

우리는 언젠가 후회할지도 모릅니다. 아니 좀 더 정확하게 말해서 저는 후회할 것을 확신합니다. 옳은 선택을 한다고 해서 후회가 없는 것은 아니기 때문입니다. 모든 시간과 상황을 만족시킬 완벽한 대안은 없기 때문입니다.

후회하기 위해 사는 사람은 없지만 모두들 후회라는 것을 하게 됩니다. 그건 우리가 과거에 정말 한심한 선택을 해서가 아니라 눈높이가 달라졌기 때문입니다. 마음의 키가 이전보다, 적어도 5센티미터는 커버렸기 때문입니다.

그건 선택의 문제입니다. 바보 같은 선택도 당시에는 더 가치 있게 느껴졌다는 것을 우리는 기억해야 합니다. 우리가 아주 잘못된 선택을 한 것이 아니라 어떤 알 수 없는 감정들이 자신을 이끌었기 때문이란 사실을 우리는 잊지 말아야 합니다.

그럼요. 때로는 바보 같은 선택이 미래의 나를 더욱 빛나게 하기도 더 슬프게 하기도 합니다. 그러나 눈치 볼 필요는 없습니다. 우리는 남들에게 어떻게 보일지보다 미래의 나에게 어떻게 보일지를 더 걱정해야 하니까요.

우리가 두려워해야 할 것은 남들의 시선이 아니라
미래의 자기 자신입니다.

내가 내린 결정들에 믿음을 가지고 미래의 나를 설득해봅니다. 오늘의 나는 언젠가 후회라는 것을 하고 있을 나에게 희망이라는 것을 보여줄 수 있어야 합니다. 성공을 하든 실패를 하든 미래의 당신은 오늘의 당신입니다. 그들에게 부끄럽지 않는 과거가 되어주세요.

눈

눈은 이따금씩 감아주었다 떠야 마르지 않는다.
그러나 아무리 해도 당신의 하루가 꽤나 건조하다면
그것은 마음의 문제는 아닐까.

사람은 총 세 개의 눈을 가지고 있다.
누구에게나 마음의 눈이 있기 때문이다.
현실의 눈과 마음의 눈은 똑같은 원리로
제 기능을 수행하곤 한다.
마음도 눈처럼 자주 감았다 떠야만
제 기능을 다 할 수 있는 것이다.

하루 종일 복잡하게 고민하다 보면 안구건조증처럼
마음도 딱딱하게 굳을지 모르니까
마음을 따뜻하게 적셔줄 아름다운 순간 하나쯤은
꼭 챙겨두도록 하자.

모두 기억해놓도록 하자.
마음, 잊지 않고 때가 되면 꼭 감았다가 뜨기.

노래제목 처럼
우리의 삶이 항상 날씨 좋은
그 어느 날 같았으면 좋겠어요

버리긴 조금 아쉬워

내가 참 아끼던 티셔츠에 목이 늘어났다.
모른 척 입기엔 어딘가 많이 아쉽지만
그렇다고 이대로 버릴 수도 없다.
내가 참 아끼던 옷이니까 말이다.
한참을 그렇게 망설이던 고민이
내 목구멍 밑으로 축 늘어져 있다.

거울 앞에서 문득 나에게 물었다.
어느 날 내가 끝내 버텨야 할 무게들 앞에서
주저 앉아버린다면

나는 나를 버려야만 할까?

대답 대신에 옷을 가지런히 접어서 옷장 속으로 넣었다.
조금만 더 기다리면 행여나 늘어진 옷이 유행이 되는 날이
올 것 같다고 스스로에게 변명을 했지만
사실은 한 번 더 기회를 주고 싶기 때문이다.

잠옷으로라도 곁에 두고 싶다.
내가 참 아끼던 그 옷.

눈사람

어제는 새벽부터 내린 눈 탓에 지각을 면치 못했다. 오늘 내
가 평소보다 무려 20분이나 급하게 출근길을 나선 것도 바로
이 눈 때문이다. 버스정류장, 나는 가방에서 전자담배를 꺼내
고는 한 모금 깊게 연기를 머금는다. 그러면서 이내 다시 진
짜 담배를 피워야겠다는 생각을 했다. 평소 같으면 사람들이
꽉 들어차 있을 정류장이 꽤 한적하다. '이건 눈 덕분이라고
해야 할까? 그래도 눈만 오지 않았다면 20분은 더 잘 수 있었
을 텐데.'하며 인상을 찌푸리는 순간, 건너편 정류장에 있는
눈사람이 보인다.

생김새를 보아하니 어설픈 것이 동네 꼬마들의 솜씨가 분명
하다. 못생긴 눈사람이 나를 보며 녹아가고 있다. 어렸을 때
내가 눈을 좋아했던가? 기억이 잘 나지는 않는다. 그럼에도
눈사람을 만든 기억은 몇 번 있는 것도 같다. 버스에 오르자
궁금한 것이 생겼다. 결국 얼마 지나지 않아 녹아버릴 걸 알
면서 왜 나는 애써 눈으로 사람 비슷한 걸 만들었을까? 도무
지 알 수가 없다. 쌓인 업무를 보니 눈사람 걱정을 할 때가 아
닌 것 같다.

창밖으로는 눈만큼이나 오늘 하루도 금방 사라져가고 있다. 퇴근할 때가 되니 하얗게 내려앉았던 눈이 좀처럼 찾아보기 힘들어졌다. 퇴근 버스를 내리며 다시 좀처럼 손에 익지 않는 전자 담배를 물었다. 역시나 다시 제대로 된 담배를 피워야 겠다는 생각이 들었다. 뿌옇게 담배 연기가 공기 중으로 흩어 지자 그 사이로 못생긴 눈사람이 더 못생겨진 채로 나를 보고 있다. 아! 생각이 났다!

결국에는 녹아버릴 눈이라도 관심을 주면 조금 더 오래 버 틴다는 사실, 비록 그래봐야 시간을 조금 늘리는 것에 지나 지 않지만 손으로 꾹꾹 눌러서 만든 눈사람은 도로 위에 흩 어진 눈보다 더 오래 이 땅에 존재할 수가 있으니까 그렇게 라도 했던 거다.

편의점에 들러 끊으려 했던 담배를 다시 샀다.
간만에 제대로 된 담배를 태우며 나는 다짐했다.

언젠가는 사람들도 저 눈사람처럼
내 기억에서 녹아갈 테니까.

그러니 조금 더 오래 같이 있고 싶은 사람들에겐
조금이라도 더 많은 관심을 주어야겠다고
꾹꾹 눌러서 둥글고 예쁘게 웃는 얼굴을
만들어주어야겠다는 다짐을 했다.

보통 사람

정말로 성공을 확신하는 사람은
이미 그것을 이룬 사람뿐이다.
모든 것이 불확실 하다면
나는 지극히 보통의 일상 속에 있다고
가슴을 쓸어내려도 좋다.
모든 확실함 뒤에는 망설임이 있다.
고로 당신은 확실해지기 바로 직전에 있다.

당신의 하루

산다는 것은
계속해서 무언가를 포기하는 일이다.
고로 살아간다는 과정의 끝에는
진정 소중한 것만이 남는다.

무언가를 잃어간다는 것은 동시에
더 소중한 것들을 지켜나가고 있는 것이다.

많은 것을 잃어버린 오늘
당신은 한 번 더 진정으로 소중한 것을 지켜냈다.

치열하게.

모든 것들에게
그런 마음이었으면

꽃에 물을 주는 마음으로

세상을 바라봤다면

아마도 많은 것들이 달라지진 않았을까?

분명하게 변한 것은 없어도

은은한 꽃향기 정도는 남았을 테지.

우리에게 필요한 게 바로 그거야.

분명하진 않지만 은은하게 느낄 수 있는 것.

마음을 가득 채우는 일

마음을 가득 채우는 일은 그리 간단하지만은 않아서
밀려오는 하루와 또 마주쳐야만 하는 일상들 앞에서
있는 힘껏 웅크리고 앉아서는 다 내려놓고 싶을 때가 있다.

가끔은 '충전 중'이라는 글씨를 머리 위에 붙여놓고는
모든 상황들에게 파업을 선언하고 싶기도 하다.

그러나 늘 상황은 어떻게든 다음 국면을 맞이한다.
1초도 견디기 힘들 것 같던 마음의 무게를 나는 도대체 무슨
수로 버텨낸 것일까.
사실은 사람들에게는 저마다 숨겨놓은 콘센트 하나씩을 가지
고 있는 것은 아닐까.

마음의 방전만을 막을 최후의 방법.

오늘도 좋은 하루

내가 누군가에게 그런 존재일 수 있다면 참 좋겠다는 생각을 했다.
사람들이 사랑을 하고 가정을 이루고 친구를 만들고 또 사회를 만드는 것은 다 그런 이유에서가 아닐까.

마음을 가득 채우는 일은 그리 간단하지만은 않아서
우리에게는 늘 누군가가 필요하다.
서로가 서로에게 그런 존재일 수 있다면 참 좋겠다.

보이지 않는 저 너머로

사람들은 인생을 살면서 무언가를 꿈꾸고 또 무언가를 두려워합니다. 그러나 그러한 일들과는 관계없이 '삶'이라는 다소 복잡하고 당혹스러운 이야기의 마지막 한 문장을 읽어내려갈 때까지는 누구도 그 끝을 알 수 없습니다.

세상은 우리가 생각하는 것 보다 훨씬 더 잔인하지만 동시에 세상은 우리의 생각보다 훨씬 더 관대하기도 합니다.

마지막 마침표를 찍는 순간까지 잠시 책을 덮을지언정 절대로 포기하지 말았으면 좋겠습니다. 벌써 그 끝을 예견하기엔 우리에겐 너무도 많은 여백이 남아 있습니다. 나라는 존재가 맞이하게 될 인생의 다음 장이 궁금하지는 않나요? 결국에는 직접 확인하는 방법밖에 없습니다.

우리는 생각보다 스스로가 약하다는 사실도 알지만 동시에 우리가 생각보다는 꽤 괜찮은 사람이란 사실도 알고 있습니다.

보이지 않는 저 너머로 걸어가봅시다.

소박하지만 사소하지는 않은

당연하다고 하찮게 여기는 것이 얼마나 바보 같은 일인지는 늘 그것을 잃고 난 뒤에야 깨닫게 된다.

당연한 것들이 그 자리에 없는 순간, 당신의 당혹스러운 얼굴을 상상해보라. 당당하게 늘 그곳에 있을 것만 같던 것들이 흔적조차 없이 사라질 때의 아쩔함이란 오늘의 꽃샘추위보다 더 차다.

내 옆의 연인, 아끼는 영화, 자주 가는 공간과 늘 찾아오던 계절, 매번 생각이 날 때면 만날 수 있는 것들, 평범한 것들은 더 이상 그것과 마주할 수 없을 때가 되어서야 그 위력을 발휘한다. 그때가 되면 그리워지겠지만 결코 다시 돌아갈 수는 없겠지.

빛바랜 추억이 아니라 손에 잡힐 듯 생생한 기억, 더 이상은 그것이 현실이 아니라는 사실에 당신은 할 말을 잃을지도 모른다. 그러니 있을 때 잘해야만 한다. 너무도 간단한 이치임에도 누구도 쉽게 지키지 못하는 다짐 앞에서 노력이라도 해보자.

늘 특별함을 찾아 미래를 쫓았지만 사실 내가 끝내 깨달은 행복은 처음의 그 자리였음을 너무 늦게 알아차리진 않도록 봄이 오기 전에 당연한 것들과 당연한 사람들을 있는 힘껏 꽉 안아주자.

소박하지만 사소하지는 않은 2

지하철 제일 끝자리에 앉아 책을 보는 일, 자주 가는 카페에서 커피 한잔을 시켜놓고 시간을 보내는 일, 몇 번이고 곱씹어 읽어 내려간 편지를 별로 특별한 날도 아닌데 괜스레 다시 읽어보고 싶은 기분이 든다거나 일요일에 늦은 아침을 시작하고 거실로 나갔을 때 익숙한 엄마 아빠의 냄새를 맡는 일.

아무런 생각 없이 걷다가 아무도 알려주지 않았음에도 옛 기억의 흔적을 문득 알아차린다거나 비 오는 날씨에 마음도 덩달아 촉촉해져서 '오늘 나의 하루는 파업이야.' 하고 스스로에게 말하는 일.

참으로 소박하기에 두 눈 크게 뜨고
더 신경 써서 담아야 하는 것들,
지나고 보면 그리울 수밖에 없는 것들,
내가 정말 좋아하는 소박하지만 사소하지는 않은 것들.

엄마는 소녀다

세상 모든 엄마는 소녀였다.
조금 늦게 그 사실을 알아차렸지만
때문에 나는 더 미안해졌다.

지금도 여전히
엄마는 소녀다.

침묵하는 중

침묵은 가만히 입을 닫는 것이 아니라
끊임없이 자신에게 묻는 것이다.

특히나 요즘 같은 때에 우리에게 필요한 일은
스스로에게 묻고 답하며
자신이 누구인지 어떠한 사람인지 깨닫는 것이다.

확신이란 것은 남들의 말 속이 아니라
나의 침묵 속에 있다.
일주일에 단 몇 시간쯤은 아무것도 하지 말고 묻고 답해보자.

앞으로 나아가야 할 길이 보일지도 모른다.

쓸쓸한 장마를 맞이하는
추억이라는 자세

오늘처럼 축축한 날엔

젖은 마음을 쭉 짜서는

화창했던 옛 추억 어딘가에

한바탕 널어두고 싶다.

잘 마른 마음을 개키다 그만

복받쳐 오르는 기억에 코를 부비면

잊고 있었던 어느 봄날의 기억이

시원한 바람을 타고 날아와

가려운 곳을 스치며 지날 것만 같다.

아름다운 이유

음악이 아름다운 이유는
때때로 귀가 아닌 기억으로 그것을 듣기 때문이다.

기억이 각자의 음악이 되는 순간에
그것은 잊지 못할 추억이 된다.

하나의 색을 부지런히 내고 있는
너희들이 존경스러워, 많이 힘들겠다

타이밍

흔히 다이어트를 결심하는 순간이
음식을 이미 다 먹어 치운 이후인 것처럼
헤어지고 난 뒤에
자기 자신부터 사랑하리라 마음먹는 일 또한
이미 시기를 놓쳐버린 깨달음은 아닐까.

적어도 내 경우엔 그랬다.
뒤늦게라도 마음을 고쳐먹고서
삶의 변화를 꿈꿔본 적은 많지만
시기를 놓친 다짐들은 대부분 변명에 그치고 말았다.

놓치고 싶지 않다면
변명만 늘어놓고 싶지 않다면
늘 조금 더 일찍 깨달아야 한다.

시선

거미줄에 나방이 걸려 허우적대고 있다.
관찰력이 좋은 사람이라면
그 장면을 보고 이런 생각을 했을 것이다.

'아 인생이란 참 어찌 보면 가여운 것이구나.
거미줄에 걸린 불쌍한 나방의 하루 같은 것이구나.' 하고 말
이다.

그러나 꿈이 있는 사람이라면 이렇게 생각했을 것이다.

'아 산다는 것은 포기하지 않는 것이구나.
거미줄에 걸려도 끝내 창밖의 바람을 갈망하는 나방의 지치
지 않는 날갯짓 같은 것이구나.' 하고 말이다.

어제가 만든 오늘

아무렇게나 던져 놓았던 캔 뚜껑에 그만 손이 베이고 말았다.
쓰레기통은 그저 닥치는 대로 다 삼키는 줄로만 알았다.

어제는 몰랐다.
결국에 그 쓰레기통을 비워야 하는 사람은
다름 아닌 나라는 사실을
상처의 쓰라림보다
미련함에 대한 원망이 큰 오늘이다.

어제는 몰랐다.
내 마음, 고요했던 것이 아니라
무관심했었다는 사실을.

오직, 오늘

사람들이 말했다.
'조금만 참아, 미래를 생각해야지!'

그럴 때면 나는 생각에 잠기곤 했다.
'그치만 나에겐 오늘도 내일만큼이나 중요한데.'

지나고 보면 다 좋았던 기억이라 말하기엔 인간의 삶은 너무
도 짧은 것은 아닐까? 나는 내일을 꿈꾸며 오늘을 무시하고
싶지는 않아. 아마 미래를 생각하는 만큼 지금 이 순간을 간
절히 사랑한다면 우리의 하루는 훨씬 더 멋진 노을과 함께 내
일의 바다 속으로 붉게 물들어갈지도 모르지.

내일은 언제나 내게로 오고 있지만 오늘은 다시는 뒤를 돌아
보지 않아. 우리, 이제는 외면하지 말자. 어제도 또 내일도 다
오늘을 살아야만 존재하는 시간이잖아.

계절이 변해가는 걸
탓하지 않듯
흘러가는 대로
그렇게 살아
그럼 괜찮아 질거야

이따금씩 드는 생각

가끔 이 모든 것들이 그저
지나가는 소나기 같은 것들이었으면 좋겠다.
정말로 조금만 더 버티면 되는 것이었으면 좋겠다.

사실은 지금 필요한 것은 태양이 아니라
"곧 있으면 소나기는 지나갈 거야." 하고
내 등을 어루만져주는 사람인지도 모르겠다.

필요로 할 때만

일기예보는 오늘도 거짓말을 했다. 회사에서 지하철까지 우산도 없이 이 비를 뚫고 걸어갈 자신이 없다. 회사 건물 입구에 멍하니 선 채로 나는 지금의 내 모습이 퍽 우습다는 생각을 했다. 왜냐하면 나는 지금 내 곁에 있지 않은 우산을 조금 원망하고 있기 때문이다.

아마 화창한 날에도 종종 우산과 함께 외출하는 경험이 있었다면 지금 텅 빈 내 손엔 우산이 들려 있을지도 모른다. 내리는 비가 멈추길 바라며 갑자기 생각나는 사람들이 있다. 내가 필요할 때만 찾았던 사람들에게 미안한 마음이 들었다.

꼭 용건이 있을 때 말고
그냥 목소리가 듣고 싶은 날에
전화라도 한번 걸어볼 것을 그랬다.

내가 필요할 때만 찾는 존재들

당신들에게 나는 어떤 사람으로 기억되고 있을까?

지금쯤 우리 집 신발장 구석에 있다는 사실 그것마저도 확실

하지 않은 내 우산은 무슨 생각을 하고 있을까?

나는 스스로에게 벌을 내렸다.

흠뻑 젖은 몸으로 나는 그들에게로 달렸다.

앞으로는 화창한 날에도 종종

별다른 이유가 없어도 종종

그들을 찾아야겠다, 라고 다짐하며 빗속으로 몸을 던졌다.

하루

오늘은 결국에 어제가 된다.
시간이 너를 위로하고 있다.

"괜찮아, 결국엔 다 지나갈 일인걸 뭐."

흉터는 생기지 않도록 해주세요!

초등학교 1학년 즈음의 일이다. 그때 엄마, 아빠, 누나, 그리고 나 이렇게 우리 네 식구는 아주 거실은 없고 방 두 칸이 전부인 집에서 살았다. 그것마저 말이 방 두 칸이지 원룸이나 다름없는 공간이었다. 요즘 아이들의 꿈이 무엇인지 잘 모르겠지만 어린 시절에 내 꿈은 내 방을 가지는 것이었다.

그 시절에 나는 대문을 나설 때면 항상 왼쪽 이마를 부딪치곤 했다. 그래서인지 어린 시절의 사진을 볼 때면 늘 이마에는 영광의 상처가 있다. 남의 집 2층에 아주 조그마한 방에 우리 네 식구가 어렵고 가난하게 살았던 기억, 가끔 거울을 보다 여전히 남아 있는 영광의 상처를 볼 때면 그때의 기억이 생생하게 떠오른다.

그런 날이면 잠들기 전에 그 좁은 방에서 가족들과 어깨를 나란히 마주하고 누워 있던 때를 그려본다. 그리곤 그 기억을 잃어버리지 않아서 정말 다행이라는 생각을 한다.

나에게 이 흉터가 영광의 상처인 이유는 그날의 기억들이 마냥 가난하고 힘겨웠던 시간은 아니기 때문이다. 나는 그 시간이 그립다. 좁고 가난한 방이 아니라 엄마, 아빠, 누나 그리고 내가 옹기종기 어깨를 마주하고 잠을 청했던 밤이 그리워서다.

얼굴에 조금 남아 있는 흉터쯤이야 별 대수롭지 않다.
중요한 것은 기억 속에 남은 상처를 잘 다독이는 일이다.

좋아해

하루에도 수백만 개의 '좋아요'가 오고 가는 세상이
새삼 진부하게 느껴지기도 해.

때때로 나는 "나 사실 너 좋아해."

한마디가 설레던 세상이 조금 그리워.
결국에 내가 듣고 싶은 건
너의 목소리를 타고 흘러온 그 작은 한마디니까.

사랑이 찾아오면

마법의 단어

죽을 만큼 아팠던 기억도 모조리 썩 나쁘진 않았던 순간으로
바꾸는 마법의 단어가 있다. 그것은 우리 모두에게 조금은
다른 방식으로 그리고 다른 표현으로 존재하지만 일반적으
로 '추억'이라는 모습을 하고 있는 경우가 많다.

그것은 마치 마법의 상자 같다. 뭐든 차곡차곡 그 속에 넣어
두었다가 꺼내면 아픔도 떠올려보고 싶은 그리운 시간이 된
다. 다시 돌아갈 수 있다면 고개를 절레절레 저을 테지만 이
렇게 멀찌감치 앉아 추억의 마법을 감상하는 일도 정말 썩
나쁘지만은 않다.

나이가 들수록 추억의 공간이 더 많이 필요해지고 있다. 아마도 나를 힘들게 한 시간들이 더 늘어났다는 증거일 테지만 그건 어찌 보면 당연한 건지도 모른다. 오랜만에 추억 상자를 열어 보니 별별 이야기들이 참 많기도 많다. 나이를 한 살만 더 먹으면 조금 더 큰 상자로 분갈이를 해주어야 할 것 같다.

지나간 첫사랑도, 수능을 망치고 집으로 향하던 버스 안의 풍경도, 엄마가 아파 집을 비웠던 시간도, 다 여기에 있다. 때 묻지 않게 쓱쓱 닦아두고 얼른 다시 추억의 상자 속으로 넣어두자. 뭐 썩 나쁜 시간은 아니었지만 다시 그 시간에 머물기엔 조금 겁이 나니까 말이다.

크게 한 바퀴를 돌아서
다시금 내게로

시간 속에서 멀어진 것은 반드시 가까워진다.
시치미 뚝 떼고 있어도
분침이 알아서 다시 돌아온다.
단 한 번도 변함이 없는 사실이다.
너의 방 안 시계가 멈추었다고
세상의 모든 시간이 멈춘 것은 아니다.

멀어지는 것과 가까워지는 것은
똑같은 시간의 일,
우리는 모두 그곳에 있다.
어김없이, 멀어지면 반드시 가까워진다.

사랑이 영원의 시간 속에

길을 잃지 않게

그린이의 말

인스타그램 피드에 유달리 눈에 띄는 사진이 있다. 키가 훤칠한 두 남녀가 나란히 하얀색 셔츠를 입고, 두 손을 마주 잡았다. 사진 밑에는 여자 친구를 향한 애정 가득한 글이 있다. 눈을 뗄 수 없어 한동안 그의 인스타그램에 머물러 있었다. 사진 속 김민준은 벌써 독립출판물로 책을 두 권이나 낸 작가였다. 책을 읽고 있는데 문득, 그림을 그리고 싶었다. 나는 뜬금없이 그에게 연락해 함께 작업하자고 제의했다. 우린 그렇게 만나 함께 책을 만들었다.

나는 무채색의 사랑을 하고 있는데, 그들의 사랑은 파스텔이다. 서로가 서로를 반짝반짝 빛내고 있다. 아낌없이 사랑을 표현하고 아낌없이 사랑하는 그들을 보며, 그 사랑을 글로 적어내는 그를 보며 나는 쉴 새 없이 떠오르는 질문들을 마주했다. 내 사랑에는 왜 색이 없을까, 왜 아낌없이 사랑을 표현하고 받지 못할까, 우리는 과연 사랑일까? 그의 글에 그림을 그리고 싶은 이유는 단 하나. 어쩌면 나는 그들의 사랑을 그리며 따뜻한 색으로 무채색의 내 사랑을 채우고 싶었는지 모른다. 그럼에도 나는 그림 작업을 하던 중 이별했다. 대뜸 저자에게 물었다. 도대체 사랑이란 게 뭐냐고. 왜 또 이별을 해야 하느냐고 따지고 말았다. 그는 자신도 모르겠다고 답한다. 사랑에는 정답이 없다고, 자신도 계속 모르지만 그럼에도 우리가 포기할 수 없는 게 사랑이라 한다.

그의 글을 다시 읽는다. 내 사랑과 다른 점을 찾았다. 우리는 늘 내일이 있을 것처럼 사랑했고, 그들은 오늘에 충실했다. 사랑에는 현재라는 시간밖에 존재하지 않는다. "영원히 사랑할게."라고 다짐하지만 사랑에는 '영원'이라는 시간이 없다. 결혼이 사랑의 종착지가 아니듯 우리는 영원의 시간 속에 사랑이 길을 잃지 않게 노력해야 한다. 저자는 그걸 아는 듯했다. 사랑이 길을 잃지 않게 끊임없이 노력하는 것. 그 사랑을 의심하지 않고 끝까지 믿어보는 것.

그녀를 위해 스스로가 배경이어도 괜찮다는 그 순수한 마음을 마주하며, 나는 내 사랑을 돌아본다. 그의 글이 나를 위로한다. 결국 내 사랑은 길을 잃어 추억이 되어버렸지만 어찌할 도리가 없다. 그의 글처럼 흘러가는 대로 둔다면 이 역시 다 지나갈 터. 그러므로 괜찮다고 나를 토닥인다. 다른 누군가를 또 만나 사랑을 하는 게 두렵다. 그럼에도 나는 어느 카페에 적혀 있던 문구처럼, 사랑을 찾기보다는 내가 사랑이 되기로 했다. 그의 글처럼, 사랑하는 이가 웃을 때 온 세상의 중심이 흔들리며 나는 그저 너를 위한 배경 정도면 된다는 마음으로 그렇게 다시 사랑하기로. 그래도 빛났던 너와 나의 시간들을 위해, 다른 이와 맞이할 사랑을 위해 말이다.

봄이다.

살아오면서 내가 마주친 문제들은 당시에는 너무도 부담스러운 인생의 숙제처럼 느껴졌지만 사실상 지금의 나를 만든 것은 바로 그런 문제들이었다.

문제의 본질은 우리 자신에게 질문을 던지는 것이다. 스스로에게 묻고 답하는 과정을 나는 성장이라고 말하고 싶다. 결국엔 관점의 차이며 태도의 차이다. 우리가 겪는 대부분의 문제들은 단시간에 해결되지는 않는다. 동시에 우리에게 중요한 문제들은 정해진 시간에 풀어야만 하는 시험 같은 것도 아니다.

지금껏 내가 읽었던 그 어떤 교과서보다 나를 더 의미 있는 사람으로 만들어준 것은 참 지독하게 나를 아프게 했던 삶의 문제들이었다. 당신이 지금 복잡한 문제에 마주쳤다면 나는 확실하게 당신이 지금 기회를 얻었다고 말할 수 있다. 의미 있는 존재가 될 수 있는 기회 말이다.

이 책을 읽는 모든 독자들이 바로 그런 '기회'를 놓치지 않았으면 좋겠다.